Com Tinta Vermelha

Coleção Paralelos
Dirigida por J. Guinsburg

CIP-Brasil. Catalogação na Publicação
Sindicato Nacional dos Editores de Livros, RJ

A14c
Abramovici, Mireille, 1944-
Com tinta vermelha / Mireille Abramovici ;
tradução Newton Cunha , J. Guinsburg , Mariana
Sequetin Cunha. - 1. ed. - São Paulo : Perspectiva, 2016.
208 p. ; 21 cm. (Paralelos ; 32)

Tradução de: *À l'encre rouge*
ISBN 978-85-273-1057-4

1. Romance francês. 1. Cunha, Newton. II. Guinsburg, J. III. Cunha, Mariana Sequetin. IV. Série.

16-32753   CDD: 843
                                            CDU: 821.133.1-3

03/05/2016   04/05/2016

Equipe de realização – Tradução e notas: Newton Cunha, J. Guinsburg e Mariana
Sequetin Cunha; Edição de texto: Adriano C.A. e Sousa; Revisão: Lia N. Marques;
Produção: Ricardo W. Neves, Sergio Kon, Lia N. Marques, Luiz Henrique Soares
e Elen Durando.

Direitos reservados em língua portuguesa à

EDITORA PERSPECTIVA S.A.

Av. Brigadeiro Luís Antônio, 3025
01401-000 São Paulo SP Brasil
Telefax: (11) 3885-8388
www.editoraperspectiva.com.br

2016

Mireille Abramovici

*Com
Tinta
Vermelha*

PERSPECTIVA

Alugo um quarto mobiliado no hotel Regente, número 61, na rua Dauphine, em Paris. Quarto andar, no fundo do corredor, com vistas para a rua. O mesmo quarto no qual me encontrava com minha mãe durante as férias, as mais curtas e as mais longas. Perambulo, ociosa. Esse mal-estar surdo, essa mesma lembrança: o mesmo tailleur azul-marinho de minha mãe. Seu pequeno colarinho amarrotado. Seus cabelos negros cujos reflexos azulados me davam alegria. Eu lhe pergunto.

– Como ele era?

– Ora, você sabe! Era bonito, inteligente, excelente músico. Minha mãe, sentada frente a um piano de armário, as mãos postas sobre o teclado. Ela olha para a frente, com ar tristonho. Eu bato raivosamente nas teclas.

– Eu estou cheia disso! Você sempre me repete a mesma coisa! Ela me põe sobre os joelhos.

– Nos refugiamos em Nice, com papai. Ele saía com frequência. Era da resistência.

– Como ele foi pego?

– Se você quiser, tem um doce gostoso na geladeira. Hoje estou sozinha, no mesmo quarto do hotel Regente, sentada na cama, imóvel. O piano desapareceu, a geladeira não está mais lá. Olho o fio de água que escorre da pia. Expulso essas lembranças que me fazem mal.

E assim, até quando?

Minha roupa, minha bolsa, minhas chaves. A porta bate.

Atenção, não se deixar levar pelas más recordações, pelo burburinho que poderia invadir essa plenitude.

Com frequência, passeio pelo bairro do Marais, em Paris. Passo diante da igreja Saint Paul-Saint Louis, me perco nas ruas tortuosas, piso os paralelepípedos ancestrais. Sem perceber, ponho meus pés lá onde minha mãe pôs os seus em 1938. Não a mamãe que eu conheço, mas Sissi, a estudante recentemente emigrada de Bucareste, *le Petit Paris*, como chamavam essa cidade nos anos de 1930. O que podia pensar essa jovem, sozinha, estrangeira, sem um tostão, desconcertada pela brutal declaração de guerra? Ela remói ideias sombrias. Passa horas tomando providências infrutíferas com autoridades para integrar-se e sobreviver nesse país que a acolheu: no Comando da Polícia, no Ministério do Trabalho, no Escritório das Naturalizações, na Prefeitura, na Sorbonne, na Faculdade de Medicina, no Escritório para o Emprego de Músicos e mesmo no serviço das enfermarias e do pessoal subalterno dos hospitais. Regressa à noite, esgotada. Seu jantar se resume muitas vezes em um bolo de arroz, um chá com açúcar e, às vezes, geleia. Quer tranquilizar sua família, que ficou em Bucareste, escrevendo-lhe que adora leite com açúcar bem quente e pão, e que acha isso bem nutritivo. Confessou-me um dia que, para não morrer de fome, esperando ajuda de seus pais, tinha vendido sua medalhinha de ouro.

No dia seguinte, recomeça suas peregrinações e prospecções. E quando ouve dizer: *Volte quando tivermos colocado todas as francesas*, ela se deixa desencorajar. Mas rapidamente se recompõe e espera que os poderes públicos irão se preocupar com sua sorte e tomarão as medidas mais humanas a seu respeito. Ela é tão jovem, e tem a melhor vontade do mundo. Um trecho de Rameau cantarolado, um canto tirolês murmurado e a tristeza se vai. 1939. A guerra se avizinha, as janelas são cobertas com papel azul para subtrair-se ao inimigo. A tiracolo, carrega--se uma máscara contra gases. Quando se pode, se fazem provisões. Sissi pressente o drama, não alimenta qualquer ilusão sobre o futuro que a espera. É a mensagem que transmite discretamente à sua mãe, ao seu pai.

Deixei atrás de mim a rua Pavée e sua sinagoga *Art nouveau*, desenhada por Hector Guimard, a rua Rosiers e seus odores de faláfel. Sem me dar conta, chego à rua Geoffroy-L'Asnier, no memorial da Shoá. Gosto de atravessar o corredor de segurança, acariciar o imenso muro em que estão gravados os milhares de nomes das vítimas do nazismo. Entre a multidão de judeus assassinados, procuro a inscrição. Ela não é fácil de ser encontrada. Por fim, a encontro no alto, à esquerda: Isaac Abramovici, nascido em 9 de novembro de 1914, em Pitești, Romênia.

E se eu fosse consultar os arquivos? Pronunciar, uma vez mais o seu nome.

– Você tem alguma coisa sobre Isaac Abramovici?

– Vamos consultar... Você é?

– A filha; nasci dez dias depois de sua captura.

– Você conhece o número do comboio?

– Comboio 73, 15 de maio de 1944.

Rápidos, os dedos da funcionária teclam no computador: Isaac Abramovici. Alguns minutos depois, a documentalista me estende quatro folhas em alemão, assinadas pelos maiores responsáveis da Sipo SD (serviço central de segurança do Reich) de Bucareste, de Berlim, de Paris, de Marselha e de Nice.

Essas letras estampadas: *Geheim!* Secreto! Mesmo se não entendo a língua, me aproximam dos assassinos de meu pai. Todos os maiores responsáveis do movimento nazista nas cidades ocupadas assinaram seus crimes:
Richter,
Adolf Eichmann,
Helmut Knöchen,
Heinz Röthke,
Meier, Gunther,
Aloïs Brünner.
Apesar do medo e do desgosto, aperto nas mãos as fotocópias que me são entregues em silêncio. Finjo indiferença, agradeço e, com meu butim, me safo como uma ladra. A primeira carta está datada de dezembro de 1943, a última de maio de 1944. A perseguição a meu pai durou um inverno e uma primavera. Tomo conhecimento de que, acusado de ser o organizador de uma rede de tráfico entre a França e a Romênia, meu pai é procurado por toda a Europa. Seu fim é inevitável. Um sentimento estranho me invade: notas datilografadas, enfiadas numa enorme documentação sobre a história da Shoá, distinguem meu pai entre milhares de outros judeus.

– Se eu lhe dissesse que estou orgulhosa.

Diria que minhas angústias se afastam. Estaria até mesmo alegre.

Olhar para trás, com o risco de torcer o pescoço. Não, não tenho medo de ser transformada em estátua de sal. Minha louca esperança: trazer os mortos à vida. Vou retomar o fio da perseguição organizada pela polícia alemã, desvendar o inextrincável mecanismo da burocracia nazista. Olhar nos olhos dos chefes devotados, esses criminosos, esses *serial killers* engajados no famoso serviço IVB, serviço central de segurança do Reich.

Minha inexperiência é total. Só tenho uma solução, agarrar-me às pequenas coisas, aos detalhes minúsculos, inspecionar, fuçar a História, ir aos lugares, colar de novo os pedaços e me deixar arrastar pelo que vou descobrir.

O acusado *teria nascido em Piteşti, na Romênia.* É o que precisa o correio expedido por Eichmann a Berlim, por um certo Richter da delegação alemã de Bucareste em Berlim. Piteşti é a cidade de nascimento de meu pai. Meu avô paterno residiu ali. Bercu Salomon Abramovici nasceu em Barlad, na Romênia, em 1890. Barlad é cidade de uma província anexada à Grande Romênia e, embora judeu, foi declarado cidadão romeno pelo decreto de número 169, publicado no jornal oficial de 22 de janeiro de 1938. Queria tanto ter conhecido o pai de meu pai. Naquela época, era o contador da comunidade judaica. Os comerciantes, os advogados, os professores, e mesmo os artistas e escritores aproveitavam seu espírito metódico e sua aptidão para a contabilidade analítica. Trabalhava até tarde da noite e dormia pouco.

Mergulho na correspondência familiar como num mar desconhecido. Leio uma carta datada de 9 de novembro de 1914. Naquela manhã, Slomo está feliz: Golda, sua mulher, acaba de lhe dar um filho. Ele corre à casa de seu amigo, o serralheiro Bernard Erniger, encontra no caminho seu irmão, Léon Abramovici e, diante do oficial civil do Estado da cidade de Piteşti, declara, na presença de suas duas testemunhas, a vinda ao mundo de um Abramovici, Isaac, de sexo masculino. Abramovici, etimologicamente filho de Abraão, אברהם Av.ra.'am, o pai de uma multidão. Isaac é o herdeiro, aquele cujo Nome jamais se apagará. Isaac, יצחק em hebraico, Isháq, significa riso ou alegria. É ainda a Oferenda exigida por Deus, Isaac, o sacrificado. Golda, minha avó, sobre o leito da maternidade, chora em silêncio. De felicidade ou de desgosto? Ela olha seu bebê bochechudo, enfaixado à moda antiga, os braços apertados ao corpinho, as pernas rígidas numa fralda com rendas. Ele dorme pacificamente. Ela já o ama com força, esse pequeno Isaac, Izu, como também o chama, seu *drägutz Izulete*.

Quando seu pequeno e querido Izu houver chegado aos dezoito meses, ela pegará a estrada para partir de Piteşti. Cem quilômetros para chegar a Bucareste, a capital. Ela irá ao estúdio *Photo Luvru, Studio Modern pentru Arta şi Fotografie calea Victoriei, 54, Bucureşti, Bucarest*. Em frente a um cenário pintado em *trompe-l'oeil*, fará a foto do bebê para a posteridade.

– Um, dois, três, não se mexam!

Essa outra foto de meu pai, criança endomingada, quantas vezes a olhei no velho álbum de família. Como se fosse uma encenação, Izu está de pé numa poltrona de veludo damasquinado. Um casaquinho de percal lhe vai até os joelhos. Uma fita larga está amarrada em volta do pescoço, um par de meias brancas envolve as pernas grossas, sapatilhas de couro e fivelas calçam os pezinhos. Com dezoito meses, ele se parece tanto com uma menina quanto com um garoto. Suas mãos gordinhas acariciam o espaço com graça. Que naturalidade e que calma em sua idade! *Di photograf* não o impressiona. Ele observa o enorme aparelho parafusado num tripé e fixa a objetiva como se esse apêndice fosse um olho.

Golda também deve ter olhado essa foto mil vezes, e sem dúvida repetido: *Vida longa, meu drägutz Izulete, vida longa, próspera e feliz.*

Minha avó materna se chamava Ana Wisner. Tinha um apelido: Anicutza. As cartas oficiais dos nazistas mencionam uma *"Ancutza Abramovici"* domiciliada *em Bucareste e que, após algum tempo, mantém uma correspondência importante com o doutor judeu Marcel Abramovici.* O prenome *Ancutza*, citado nos textos acusadores, é o diminutivo do prenome *Anca*, enquanto que o diminutivo de *Ana*, prenome de minha avó, é *Anicutza.* Dois prenomes e dois diminutivos completamente diferentes em língua romena. É difícil caracterizar o erro que se infiltrou nos relatórios nazistas. Erro de datilografia, simples negligência ou talvez pura invenção mecânica de um empregado servil para se valorizar aos olhos de seus superiores? Parece pouco verossímil que a administração nazista haja confundido as famílias Wisner e Abramovici, que só tinham uma ligação: o casamento de Sissi Wisner com Isaac Abramovici.

Eu estou intrigada com esse prenome *Marcel*, juntado ao patronímico de meu pai. *Já há algum tempo que existe uma correspondência importante entre o judeu Marcel Abramovici, que se encontra em Nice, e essa Ancutza.* Um Abramovici está sendo procurado, um Marcel ou um Isaac, isso não parece ter importância para os Eichmann, os Richter, os Knöcken, os Röthke ou os Meier. O mundo imaginário que eles habitavam era um mundo no qual tudo o que fosse diferente era eliminado. Era preciso então que os judeus, os Marcel ou Isaac, os Slomon, as Ana ou Anca fossem culpados. Nesse delírio paranoico, inventam-se inimigos. Para concretizar esse ódio, vai-se provar que todos os judeus são ladrões, traficantes e covardes.

Nos anos de 1930 não era bom viver na Romênia, particularmente em Bucareste, onde morava minha família. O antissemitismo manifesto pela maioria dos romenos era canalizado por uma organização, a Guarda de Ferro. Ela fazia com que o terror reinasse cotidianamente, com a cumplicidade tácita do governo. No jornal *Universul* de Bucareste, datado de quarta-feira, 24 de junho de 1936, um acontecimento banal do cotidiano atraiu minha atenção: *Marcel Abramovici, cidadão judeu, foi espancado na rua por uns vinte estudantes que o arrastaram para um porão da cidade universitária, abandonando-o no fim de duas horas, com as roupas rasgadas, sangrando, uma ferida profunda na cabeça.*

Noto que se trata de um "Marcel" Abramovici.

Numa tarde de estresse, diante de meu computador, digito: A-B-R-A-M-O-V-I-C-I. *Pascale Abramovici, artista pintor... Roman Abramovici, Sotul ei a fost deportat... Jean Abramovici, aliás Jean Avran ou Jean Garchoy, professor de latim... Pierre Abramovici, fotógrafo em Montpellier... Marianne Abramovici, mestre de conferências em ciências de gestão na Universidade de Paris Leste... Mireille Abramovici, editora de filmes... Francis Abramovici, membro de...*

Quantos homônimos para um homem só? Um, dois, três, cinquenta, mais ainda?

Por que toda a correspondência enviada a partir da delegação da Sipo SD de Bucareste em Berlim para Paris e

Marselha menciona indivíduos com prenomes diferentes dos de meu pai e minha avó? A burocracia nazista, prisioneira de sua precisão obsessiva, mistura sem escrúpulos nomes, prenomes e lugares. Minha família não escapou dessa confusão, cujas consequências foram dramáticas. Talvez seja essa a essência do sistema: máquina de criar culpados.

Um pouco desiludida, confesso, fico na expectativa: mobilizar tantos e tantos colaboradores devotados ao regime nazista para encurralar um pobre judeu que tinha, de qualquer modo, bem poucas chances de escapar da morte.

Strada Labirint, número 59, em Bucareste. Sob um sol de chumbo, percorro esse bairro que era, antes do golpe de Estado comunista, residencial e burguês. O lugar é charmoso. Observo as casas, suas molduras e rosáceas, seus frontões decorados, as cores azul-céu, ocre pálido, as janelas em meia-lua recobertas com cachos de flores de pedra, as vidraças que protegem as pequenas escadarias de majestoso mármore. Na Strada Cazavillan Luigi, um estudante atravessa a rua vazia. Hoje, as cornijas e molduras já desmoronaram. Cães vira-latas flanam pelas ruelas esburacadas. Procuro desesperadamente a antiga bijuteria de meu avô. Encontro-me numa avenida um pouco afastada do centro, frente ao grande cemitério judeu asquenaze Filantropei, oferecido por meu bisavô Borelly-Wisner à comunidade israelita de Bucareste. Moritz Wisner, meu avô, tinha orgulho dele.

Hoje, eu, sua neta, perambulo por entre os túmulos invadidos pelo mato, empurro as portas pesadas de ferro enferrujado, observo as estrelas judaicas desenhadas em rosáceas amarelecidas que a luz do dia atravessa. Habitualmente indiferente às coisas religiosas, estou, nesse instante, impressionada por essas emanações do sagrado.

Moritz era comerciante. Mais precisamente, joalheiro. Cruzava os países fronteiriços. Berna, Viena, Friburgo. Comprava matéria-prima para fabricar joias, relógios, alianças, anéis de noivado. *Um judeu que compra e vende ouro, nada mais natural*, alguns pensarão.

Amava sua cidade, sua arquitetura neoclássica do século passado. Passeava com prazer, sempre endomingado com seu terno, gravata, sobrecasaco preto, chapéu de abas largas. Caminhava com passos rápidos sobre a calçada da Strada Rosarab ou da Strada Romulus. À tarde, sentia-se em casa em seu bairro, na rua Labirint.

Com a evocação de meu avô, não posso me impedir de associar uma foto de meu pai marchando orgulhosamente pelas ruelas da velha Bucareste, em 1936. É jovem, elegante, calças de flanela cinza, paletó xadrez acinturado, gravata com bolinhas sobre uma camisa branca. Na mão direita, segura firmemente um boné de veludo claro. Esse jovem burguês de rosto enbonecado olha para frente e parece apreender um futuro radiante.

Sylvia, chamada Sissi, a filha de Anicutza e de Moritz Wisner. Aos cinco anos, ela já toca Chopin, Mozart, Debussy. É a caçula do Conservatório de Música de Bucareste.

Revejo as fotos de minha mãe quando pequena.

Trajando um vestido de algodão e seda, um corte de cabelos curtos, esses detalhes denotam uma certa prosperidade familiar. Seu arzinho matreiro já mostra como será por toda sua vida: irônica, corajosa e determinada. Pousa delicadamente suas mãos sobre as teclas brancas de um piano de armário. Aparentemente, Sissi não está contente. Ela fuzila com o olhar o fotógrafo que a obriga a se manter imobilizada.

Criança nascida na guerra, sem pai, educada num pensionato, devo certamente alimentar um sentimento ambíguo de carinho e de inveja para com a menininha da foto.

Sissi tem oito anos. Está sentada numa poltrona de vime, as pernas cruzadas displicentemente. Suas meias brancas estão envolvidas por alpercatas impecavelmente enlaçadas. Sobre seus joelhos, não um violino, mas um instrumento de cordas cigano ou um gadulka da Bulgária. Minha tia Berthine me confessou orgulhosa que *era fácil para Sissi tocar as notas e que tinha um ouvido perfeito.*

Como todas as meninas de boa família, minha mãe foi educada no Liceu Francês de Bucareste. Independente e exigente, ela prefere terminar seus estudos na escola religiosa das Demoiselles de Sion. Ali será pensionista. Frequente e ingenuamente pensei que o fato de pertencer à pequena burguesia bem-sucedida deveria protegê-la do mal do mundo. É desconhecer o mal.

Mais tarde, Sissi manifesta o desejo de entrar para a Faculdade de Medicina de Bucareste, onde então grassa um virulento antissemitismo. A família Wisner prefere então enviá-la para a França. Anicutza vende um de seus pianos para pagar a viagem "da pequena". Berthine, a irmã mais velha, está um pouco despeitada. Ela também é muito devotada à música. Também gostaria, como sua irmã mais moça, de aproveitar o outono parisiense, sentir sua atmosfera. Respeitosa da autoridade paterna, Berthine se cala.

Em Paris, Sissi abandona provisoriamente o piano e se consagra à preparação do concurso para entrar na faculdade de medicina. Seu objetivo: cuidar de crianças e de pessoas idosas. Alguns meses mais tarde, ela encontra um jovem romeno, músico e solitário, Isaac Abramovici. É amor à primeira vista.

Jovens emigrados, fugindo do antissemitismo de seu país, eles se sentem orgulhosos de ser aceitos pela França. Têm grandes ambições. Seu pequeno quarto no sexto andar, na Porta de Orleans, os protege até a declaração de guerra. Em 1º de setembro de 1939, meu pai recebe uma convocação do escritório central de recrutamento do Sena. Trata-se de proteger a França, seu país de acolhida, seu país de adoção. Ele se engaja como voluntário estrangeiro no 23º

RMVE. Faz seus exercícios no campo militar de Auvours, perto do Mans.

Ela, estudante, ele, soldado, casam-se em Champagné, no Sarthe. Sissi encontra-se sozinha em Paris. Mas logo trocam cartas cotidianamente, seu canto de amor.

ELE: Sisoicà, minha querida. Quero gritar, milhares e milhares de vezes, que te amo, que te amo, te amo.

ELA: Espero que tenhamos diante de nós muitos dias bonitos para viver juntos. Desde que não haja mais guerra. Querido amado, cuida-te.

ELE: Você é meu presente e meu futuro, uma menina que adoro e por meio da qual quero esquecer que a vida tem fim.

Em seu quartinho, Sissi conseguiu enfiar um piano de segunda mão. Durante os raros dias de permissão, emprestam do Dumky Trio o sonho, o esplim, a viva alegria de Anton Dvoràk. Despertam novamente sua melancolia eslava e sua paixão. O violino responde ao piano.

São alguns detalhes que pude reunir hoje desse drama que persegue minha vida. Esse drama que se abateu sobre meus jovens pais. Meus pais, pessoas como as outras, tendo por único crime o de ser judeus.

Noite. Luzes da cidade, o meu mar. Meu terraço, minha praia. O espaço envidraçado da minha sala. No torniquete para cartas postais, depositei seis fotos.

Retrato de mulher, 50-100 d.c., madeira de tília pintada com encáustica, 35,8 X 20,2 cm. O Louvre.

Mulher Pueblo, 1932. Têmpera e glacis a óleo sobre tela. 76,2 X 60.96 cm. Museu de Arte de Dallas.

Julie, minha filha. Em pé, seu vestido cor de lavanda, seus cabelos castanhos jogados sobre os ombros. O verde de seus olhos.

Jovem tchetchena. Cabelos pintados, cachecol multicolorido, casaquinho tricotado com franjas grandes. Fotógrafo anônimo.

Elli, minha neta. Sua cabeça envolta em um cachecol de linho bege, seu bichinho de pelúcia amado, um elefante apertado contra o pescoço. Rosa dominante.

Eu, deitada entre margaridas. Cabelos ruivos cortados *à la garçonne*, suéter com gola verde. Um sorriso glacial, Polaroide.

Izu, meu pai, Sissi, minha mãe. Ele em farda militar, gola em pé. Ela, coque sob rede preta e uma fivela. A vida será maravilhosa.

Esses retratos, tive que dispô-los de cima para baixo, um debaixo do outro. Todos estampam um olhar sereno, fixo, dirigido a ele ou a ela que os observam. Cada um carrega fortemente sua própria história, antiga ou futura.

Tenho necessidade de sentir suas presenças e de, algumas vezes, deter-me ali.

Bucareste. Berlim. Paris. Marselha. Quatro cartas assassinas.

Apesar de minha repugnância, é preciso examiná-las, uma após outra, calmamente, até o fim.

O principal contato do judeu Abramovici é um certo doutor Theiler. Ele se esconde na França por trás da falsa atividade de comerciante de madeira...

Minha primeira missão, aproximar-me deste Theiler e, talvez, descobrir as ligações que mantinha com meu pai. Durante semanas, por noites inteiras, digitei em meu computador T-H-E-I-L-E-R. Páginas amarelas, páginas brancas, facebook. Nada, nenhuma pista na qual pudesse me jogar. Theiler teria existido? O Ministério da Defesa e dos Ex-Combatentes responde por fim à minha solicitação.

Sim, uma ficha foi encontrada pelo serviço mencionando a existência de um dossiê administrativo relativo a um René Theiler, 16 P 566874. Esse dossiê, a partir de agora liberado, está posto à minha disposição no Escritório da Resistência do Serviço Histórico da Defesa, em Vincennes.

Ir até lá consultar os arquivos – o que existe de mais simples. De ônibus, é fácil e agradável. As ruas Parmentier, Colonel Fabien, a Porte Dorée, Vincennes, Saint-Mandé. Olhar a cidade. O movimento do trem, do ônibus ou do avião sempre foi propício para despertar minha imaginação. Aproveito para escrever meus sonhos da véspera, anoto minhas angústias da noite. Me deixo levar pelas associações de ideias que a paisagem me inspira. Residência das Fagáceas. Residência das Tílias. Residência das Acácias. Um pouco de calma, de luxo, de doçura. Meia-Lua, Parque Zoológico, Parque Floral. Chego ao Forte de Vincennes, caminho ao lado dos muros, ultrapasso a capela, passo perto da torre. A bibliotecária, em uniforme militar, brasão da armada de terra, me acolhe numa pequena sala, dissimulada por trás da grande torre do castelo. Essa amável segundo-tenente me precede entre as fileiras de estantes cinzentas e empoeiradas. Ela retira velhos cartões numerados.

Tremo. O que vou descobrir? Esse homem que não conheço, esse Theiler, seria um chefe renomado da Resistência, um intermediário no tráfico de que meu pai era acusado? Que segredo se esconde nas folhas desse dossiê? A capa é fina. As folhas amarelecidas e o papel *pelure* me transportam a um passado desconhecido. A escrita, manuscrita ou datilografada, está frequentemente apagada ou manchada: *Chegado em 3 de junho de 1947, Theiler, René Michel, filho de... e de... Nascido aos 26 de junho de 1911. Lugar de nascimento: Constança (Romênia).* Avanço lentamente: releio duas, três vezes: *1938, o citado Theiler passa no concurso preparatório do primeiro ano de medicina em Paris. Diploma e títulos universitários, doutorado em medicina, Paris, 1940, Diploma de medicina colonial, Marselha, 1941, segundo doutorado, Paris, 1946.*

A gente diz: saltar de alegria ou então estar entre os anjos, exultar. Que clareza repentina. Sustentada pelas informações que recolhi nas cartas que Sissi enviou para seus pais e para Izu, posso dar livre curso às minhas especulações.

Logo em sua chegada à França, minha mãe se inscreveu no concurso de ingresso em "física, química, biologia" para ser admitida na Faculdade de Medicina de Paris. No mesmo ano, René Theiler, jovem romeno, é estudante nessa mesma faculdade. Ambos fazem parte da colônia romena de Paris. Então, Sissi e René Theiler forçosamente se encontraram.

Na residência universitária, sem dúvida enganaram a fome diante de uma sopa quente, um cozido magro com muito molho e um legume, tudo por 47 francos. Quando Theiler lhe perguntou o nome, Sissi deu primeiramente seu nome de solteira, Wisner, depois se corrigiu e deu o nome de mulher casada. Então, Sissi lhe confessou que acabara de se casar. Ele ficou estupefato. "Você ainda é muito jovem", disse-lhe.

Sonhadora, penso na foto enviada por Sissi aos seus pais para descrever o ambiente no laboratório da faculdade de medicina. Os estudantes com jalecos brancos, sorridentes uns, indiferentes outros. Theiler está em algum lugar da foto. Procuro. O inspetor da Sipo SD IV B4 da região alemã em Bucareste também deve ter escrutinado os rostos desses jovens estudantes para tentar descobrir o homem procurado. Ele não tinha, como eu tenho hoje, as informações que indicam que Theiler se engajaria no 23º Regimento de Marcha dos Voluntários Estrangeiros do exército francês e que, juntamente com Izu, entraria na resistência contra o ocupante na cidade de Nice. Os agentes enxeridos da Sipo SD viram ao menos com certeza uma coisa: René Theiler e Isaac Abramovici se conheceram e muito de perto. Eles não tinham a prova, aquela que hoje eu tenho.

Na caserna, em Auvours, Izu, quando se sente triste, pode tocar seu violino para seus camaradas. Em suas cartas não esconde de Sissi sua inquietação de vê-la enfrentar a vida cotidiana em Paris. O que faz Sissi, em seu quartinho, para enganar a solidão? Tem força para tocar piano, cantar árias tirolesas que ela gosta de ouvir, escutar a bela sinfonia em ré maior de Haydn na TSF? Ela a tocava com tanta frequência com sua irmã Berthine, em transcrição para piano. Hoje, é tão difícil, tendo como único recurso o soldo de seu marido, soldado raso do exército francês. Ela mal tem alguns trocados para uma refeição com geleia e chá.

Felizmente, um certo Flavian ali se encontra para levantar-lhes o moral.

Conrad Flavian está inscrito sob o número 16 P 225494 no Ministério da Defesa. Judeu romeno, nascido em 30 de junho de 1902, em Bucareste, naturalizado francês, casado, é tenente nas forças armadas francesas. Residente na avenida Malakoff, 125, Neuilly e no hotel Atlântico, bulevar Victor Hugo, em Nice. Brilhante, de grande coração, piadista. Em 1939, ele dirige o 23º RMVE, Regimento de Marcha dos Voluntários Estrangeiros no qual Izu se alistou. Flavian notou esse jovem soldado raso que um dia se aventurou a dirigir uma orquestra na cantina dos oficiais. Ambos inteligentes e cheios de espírito, tornaram-se amigos. De sua abastança de burguês, Flavian não faz segredo. Até mesmo se aproveita disso. Ele sabe que Izu só possui um soldo pequeno, e então o convida ao restaurante, lhe oferece jornais e tabaco.

Os dois amigos deixaram Auvours para o campo de Barcarès, nos Pireneus orientais. Foram designados para o 3º Regimento. Juntos, organizam os refugiados espanhóis que para ali afluem. Nessa oportunidade, Flavian foi promovido a capitão. Izu continuou sem divisa. Sua ambição é a de passar a cabo. No momento, é chefe de seção. *Se todos os judeuzinhos da Romênia passam de cabo a sargento, quem fará a faxina? Restará ainda um soldado?*, escreve-lhe Sissi, irônica. Na verdade, Sissi está acabrunhada e desnorteada: seu jovem marido foi enviado para longe de Paris. As licenças vão se tornar cada vez mais raras.

Enquanto seu jovem marido guerreia contra pulgas e o vento terrível de Barcarès, Sissi deixa seu quartinho do sexto andar da Porta de Orléans, sem água corrente, sem aquecimento ou telefone e se instala em casa de Lola, a mulher de Flavian, em Neuilly. Fica maravilhada com essa casa confortável, o hall-escritório-bar-biblioteca e com a gentileza de sua nova amiga, de modo algum metida a chique. Ela reencontra os hábitos burgueses de sua infância e o ambiente de sua adolescência em Bucareste.

No entanto, para poder sobreviver, ganhando o soldo miserável de seu marido, ela procura pequenos trabalhos. Ensaiar cantoras ou acompanhar cursos de dança lhe parecia agradável. Pensa até mesmo em tocar piano numa boate noturna. Quando o teatro do ABC lhe oferece um contrato, Izu a dissuade: *muito perigoso para uma jovem inocente.* Sob a insistência de seu marido, ela cede e escreve *slows* e marchas para os concertos que Izu organiza para a elite do exército. Ela gostaria de ter sido alistada no batalhão de Izu. *Como jovem aprendiz em Barcarès, não ficaria tão mal de uniforme. E, assim, eu viria a ser sua acompanhante,* escreve-lhe ela.

Sonhar.

3 de junho, a ordem de partida foi dada para destino desconhecido. Para ele e seus camaradas, o mais difícil vai começar; em alguns dias, partirão para o fronte. *É por ti que vou sofrer, é por ti que serei corajosa, é para ti que preciso viver,* escreve-lhe Sissi. Faz um bom tempo. O mar está calmo. Izu se prepara. No salão, a TSF apresenta a "Segunda Rapsódia", de Franz Liszt. *Como isso ressoa estranhamente aqui no tempo em que vivemos. Ouvindo essa música, sinto meu coração se apertar, ficar pequenino e quase a tremer de medo!*

4 de junho de 1940, eles estão a caminho, não muito mal instalados em vagões de animais que os conduzem ao fronte. Sete homens, todos romenos, todos judeus: Nehama, Nelu, Justin, Feldman, Burach, Flavian e, ao seu lado, Izu. Deixar-se ir ao ritmo do trem. Jogar xadrez. Beber chocolate. Chorar de rir com piadas de rapazes. Eles trocam notícias de Bucareste. Dissertam sobre a evolução do mundo. O moral está excelente. Izu, porém, treme de medo por sua mulher querida. Um pavor o atanaza quando pensa nas bombas que caíram sobre Paris.

Segundo dia de viagem. Amarga ironia, o trem passa bem perto de sua mulher adorada, e a deixa para trás, rapidamente, para ir mais longe. Uma noite suplementar e eles estarão no terreno.

Para não deixar escapar qualquer notícia que pudesse chegar de Izu, Sissi deixou a suntuosa casa de Lola e de novo se instalou no quartinho. Espera febril. Ela recebe algumas palavras rascunhadas sobre uma ponta de papel rasgado, enviadas ela não sabe como: *Meu amor, os momentos são difíceis, não perca a coragem. Apesar de tudo, a vida é bela. Cabe a nós, a juventude, resistir e viver.*

6 de junho, chegada a Villers-Cotterêts, sob as ordens da 7ª divisão. Acirrada batalha trava-se há 24 horas. O 23º

RMVE reforça as tropas ao norte de Soissons, para cobertura de Paris.

Depois, nada mais.

Izu não escreve.

O silêncio ressoa.

Meu pai nunca quis falar desses dias de inferno. Nada encontro nos papéis oficiais nem nos arquivos familiares, apesar de abundantes. Interrompo minha pesquisa no norte de Soissons, no dia 6 de junho de 1940, deixo o relato de família para compartilhar com você meu trabalho de escritora. Ivan Jablonka vai me permitir reatar o fio. Com frequência, arrasto minhas sandálias até o Memorial da Shoá, em Paris. Naquele dia, assisto a um colóquio consagrado aos 22º e 23º RMVE, dos Regimentos de Marcha dos Voluntários Estrangeiros. Na saída, um homem ainda jovem, cerca de trinta anos, me aborda e me pergunta:

– Meu avô, voluntário polonês, também serviu no RMVE. Ele também participou da batalha de Soissons. Não tenho nenhuma informação, mas você parece ter muitas.

Ivan Jablonka me surpreende. Olho-o com espanto e admiração. Seu doce sorriso não revela nenhum sofrimento, qualquer inquietação. Ivan tem a idade de minha filha, poderia ser meu filho. Esse choque de gerações me deslumbra. Em sua idade, remexer o passado é raro.

Numa manhã, em minha casa, mostro-lhe a correspondência de meus pais. Projeto meu filme *Dor de Tine*, que relata a curta vida de meu pai. Nos dias seguintes, como que por telepatia, nos cruzamos nos mesmos centros de pesquisa: Informações Gerais de Paris, Serviço Histórico da Defesa, em Vincennes, Centro de Documentação Judaica Contemporânea.

Hoje ele publica seu livro: *História dos Avós que Não Tive*. Precipito-me. Capítulo cinco: *Os Estrangeiros se*

Alistam. O trabalho de documentação é preciso, o estilo epistolar, comovente. Ivan está ao lado de seu avô Matès. Ele testemunha sua coragem. Relata a carnificina e a debandada das tropas. Matès se encontra entre os voluntários estrangeiros, em alguma parte sob as bombas. Izu talvez não esteja longe. O calor é sufocante. No Aisne, na Picardia, a noite não deseja vir. Lutam como animais, quase sem armas, franceses contra alemães, corpo a corpo, e os corpos caem já como cadáveres, aqui e ali, sobre a terra. Estamos em 6 de junho de 1940. Um cabo olha sua mão destroçada, um tenente, de olhar perdido, procura sua patrulha desesperadamente, um soldado, quase uma criança, chora. É como se não houvesse a noite. Desde a manhã de 7 de junho, as bombas explodem novamente, fazendo buracos na terra. Os buracos são como fossas, ali se poderiam depositar os cavalos mortos e os homens caídos pela França. No dia 8, tudo continua. Matès e Izu se entreolham, os olhos quase apagados pela insônia. São como máquinas de matar, máquinas de furar. Izu fala com Matès, mas eles não se ouvem; os sibilos das balas e o estrondo dos obuses cobrem suas vozes. Têm fome, têm medo. Desde a alvorada do dia 9, o 23º Regimento está quase aniquilado.

Izu estendeu sua mão para Matès. Certamente eles se falaram. Espero, creio.

Izu, desamparado, escreve para Sissi: *consegui salvar meu corpo, mas meu coração está dilacerado por tudo o que vi, por tudo que ouvi.*

Neste 9 de junho de 1940, o marechal Pétain considera a guerra perdida. Em 14 de junho, Paris é bombardeada. Mil mortos. A capital é declarada cidade aberta. O General Hering entregou o governo militar ao General Dentz. Tendo sido suspensos os exames, minha mãe, repentinamente ociosa, vegeta abandonada em Paris. Vinte e um anos. Ela vê os primeiros alemães marchar nas ruas de Paris. Os refugiados começam a partir. Desfile sombrio de miséria e horror. Em 18 de junho, Sissi recebe finalmente uma mensagem de seu homem. Com alguns sobreviventes do regimento, ele vaga pelo campo francês. *Cara Sissoica. Você está em Paris? Estou são e salvo e espero o desenlace dessa situação. Sofri muito. Amo-a infinitamente. E espero revê-la. Izu.* Aliviada por saber que seu "pequeno" não está morto, ela toca piano para não ouvir as botas dos vencedores. As gamas percorrem o teclado inteiro, maior e menor, maior, fortíssimo, ligadas, sacudidas. Exausta, ela inicia algumas notas do concerto em lá maior de Franz Liszt que tocava para Izu. Ela confia ao seu diário íntimo. *Como pude esquecer que sou judia? Por que permaneci? O monstro não está morto. É agora a vez da Romênia?*

O mundo esquenta. Alguns dias mais tarde, Rudolf Hess, o lugar-tenente do Führer, acompanhado de vários altos-funcionários, vai a Roma. O povo romano, convocado por Mussolini, rodeado por camisas-negras, vai à praça Veneza para aplaudir seu discurso. Roosevelt pronuncia uma alocução importante sobre a guerra e o estado atual dos assuntos internacionais. Em 22 de junho de 1940, o marechal Pétain assina o armistício, uma verdadeira capitulação. A desmobilização é imediata para as forças armadas francesas, dos oficiais subalternos aos soldados rasos. Mas a mesma coisa não acontece com os voluntários estrangeiros alistados. "Eles serviram à pátria, é certo, mas não imaginem que serão tratados como verdadeiros franceses", declara o governo Pétain.

Abandonado por Vichy, Izu se aflige durante meses num vilarejo francês, na zona livre. Não tem nenhuma notícia de Sissi. Só nela pensa. São jovens. Se amam muito.

Ao fim de dois meses de perturbação mortal, minha mãe recebe enfim uma carta verdadeira de seu marido, timbrada em Morlac. *As autoridades alemãs interditam formalmente aos israelitas, negros e mestiços o acesso à zona ocupada. Isso quer dizer, claramente, que, mesmo se for logo desmobilizado, não poderei vir a Paris. Não tenho necessidade de lhe descrever a impressão que me causam as palavras acima e o futuro que nos espera. Por conseguinte, faça as suas malas, criança querida e aflita, e venha para Saint-Amand. Não sei ainda como vamos nos virar, mas é absolutamente necessário que estejamos o mais próximo possível um do outro.*

Partir, comprar o bilhete de trem. Com a morte na alma, Sissi deixa como garantia no *Mont-de-piété* o violino e o metrônomo de seu marido. Ela está convencida de que dentro de alguns meses, terminado o pesadelo, ela poderá recuperá-los. Pegar o mínimo necessário. Para Izu, dois ternos, o *smoking*, o mantô, um pouco de roupa de baixo. Algumas partituras, livros, uma parte dos "arquivos". Ela relembra com suspiros as confidências que se diziam quando estavam sob o mesmo teto. Certamente, o quartinho vai esperá-los. A situação atual não vai durar. Uma grande mochila, uma bolsa numa das mãos e, na outra, uma maleta repleta. Ela faz o impossível para se afastar de Paris. Dormir nas estações ou nos centros de acolhida, não se lavar, contar mentiras para os alemães, sobretudo não falar de seu marido. O objetivo é passar da zona ocupada para a chamada livre. Na fronteira franco-francesa, os alemães a obrigam a retroceder. Pobre mamãe, ela os vê em todas as cores. Vierzon. É por ali que Sissi deve atravessar a linha de demarcação. Cutelo que corta a França em duas. De um lado, as tropas da Wehrmacht, de outro, os controles do governo de Vichy e talvez o direito de viver.

Normalmente, é preciso se apresentar pela manhã no posto fronteiriço francês e preencher uma ficha individual. Sissi sabe muito bem que se respeitar as instruções seus papéis serão confiscados e suas bagagens sequestradas. Ela deverá então retornar de onde vem.

Ela espera a noite alta. Encolhida num banco de pedra, conta seu pobre dinheiro. Oito notas de mil francos, três notas de cinco francos. Numa caixinha, oito moedas de dez francos com a efígie de Napoleão III, uma moeda de dez francos com a da República Francesa. Às 3h15 as luzes da estação se apagam. Os controladores fecham os guichês. Os cães dormem. Sissi se introduz, pobre moça.

Ela caminha talvez toda a noite para encontrar o atravessador do outro lado. Em meio ao grupo de refugiados, ela afasta os caniços e se agarra para subir no barco que os espera. Por fim, Sissi se encontra na zona livre. Como combinado, vai para um albergue. Procura enganar a fome. Mas talvez não tenha nenhum encontro e desconfia do atravessador. E se for um traidor? Eu a imagino atravessando a estrada e evitando o vaivém das patrulhas. Horas mais tardes, ela chega a Ounans, em casa de um guarda florestal que lhe permite descansar. Depois, precipita seus passos por bosques e campos. Às vezes, para retomar o fôlego, senta-se em cima das bagagens, sob um sol que se infiltra pelos galhos das bétulas. O porte alongado dessas árvores, de cor esbranquiçada, a encanta. Ela é jovem, Sissi, ela não percebe o caráter trágico de sua situação. Depois, prossegue sem se deter. Assim por quatro dias e quatro noites.

Ao fim de sessenta quilômetros, esgotada, chega a Morlac. Passa ao lado da igreja fechada, sacode a grade da prefeitura, em vão. Ela atravessa as ruelas desertas. A cidade parece em barricadas por trás das janelas fechadas. Por fim, um cartaz indica o campo militar. Dois quilômetros a mais pelo campo.

Ela está inquieta: em que estado vai encontrar seu marido? Acreditou por um momento que ele estivesse morto diante daquelas palavras que ela repassa em sua cabeça: *Meu corpo está salvo, mas meu coração está ferido por tudo o que vi e sofri. Reencontrei meu violino!* Ela havia lido e relido a carta, tremendo. Sissi acelera a marcha, pondo-se mil questões ao ritmo dos passos; ele não pode ter ficado cego, porque ela reconheceu sua caligrafia inteligente e fina. Sua mão esquerda certamente não está ferida, porque ele pode tocar seu violino. E seu rosto, está intacto? Em que estado vai encontrá-lo?

Ela chega ao campo, hesita e, por fim, penetra em seu dormitório. Izu está lá. Ela o percebe esticado na cama. Ela anda na ponta dos pés e se senta à cabeceira. Ele é grande, bonito, está forte como antes. Izu olha sua mulher: ela é como ele a ama. Ele lhe abraça os ombros, as costas. Ela lhe fez tanta falta. Ele lhe fez tanta falta.

Na Romênia, seu país de infância, as coisas não vão nem um pouco melhor. Sissi e Izu certamente não sabem que, na Alemanha, o chanceler Hitler recebe Gigurtu, presidente do conselho da Romênia, e Manoilescu, ministro dos assuntos estrangeiros, que ambos são acolhidos por Ribbentrop, depois encontram Mussolini e o conde Ciano, em Roma, que Filoff, presidente do conselho da Bulgária, e Popoff, o ministro dos assuntos estrangeiros, são recebidos pelo Führer em Berchtesgaden, que o senhor Tiso, chefe do Estado eslovaco, acompanhado de Voytech Tuka, primeiro ministro, participam das conversações de Salzburgo. Anicutza não quer assustar seus filhos exilados, anunciando que uma delegação dos chefes das Juventudes Hitleristas é esperada em Bucareste, que o governo organiza o recenseamento dos judeus e se anuncia que um estatuto judaico será publicado na Romênia.

Constatando que o endereço de sua família havia mudado, Sissi se preocupa. Anicutza nunca fala sobre as restrições que os judeus suportam há muitos meses, mas, lendo as entrelinhas, Sissi percebe que os seus parentes foram transferidos pelo governo de Antonescu. Seus pais foram obrigados a se mudar para uma casa reservada aos judeus, longe de Bucareste. No dia da mudança, os móveis foram estragados pela neve, alguns livros ficaram encharcados e ainda sofreram todo tipo de vexames. O aparelho de rádio foi confiscado sem explicação. Refugiavam-se em seu quarto e assim conseguiam momentos de calma, todas as quartas-feiras, às onze e quinze, para ouvir um solo de flauta, ou então a orquestra nacional interpretar a "Quinta Sinfonia" de Beethoven, ou ainda o poema sinfônico de Enescu. Anicutza se sente velha. Não, não é a vergonha, é a inquietação que a corrói. Quando se abaixa para pegar um alfinete debaixo da cama, ergue-se com dificuldades. Tem cerca de cinquenta anos e já sofre com reumatismos. Dores no ventre a atacam. Ela viu seus cabelos embranquecerem subitamente. Ela não consegue habituar-se com a ausência de sua querida filhinha. Há três anos que Sissi partiu para a França. Tem saudades de seu piano, sobretudo quando tocava jazz. Com frequência, quando pensa em seu enteado, ela se desfaz em lágrimas. *Será que um dia ouvirei Izu tocar seu violino?* Minha avó não nasceu judia, sua mãe não era. No entanto, casou-se com Moritz, meu avô, que é judeu. Ela batizou Sissi e minha tia Berthine. De todo modo, são apontadas como meio-judias.

Como todas as pessoas da comunidade, a mãe de Sissi passa seu tempo a selecionar camisas, meias, lenços, cuecas, toalhas, ternos, chapéus, mantôs, cobertores de lã, fronhas, lençóis e até mesmo suas melhores roupas que ela deve doar ao Estado. No caso de se esquivar, corre o risco de pegar cinco a dez anos de prisão e ainda pagar quinhentos mil *lei* de multa.

Ela arregala os olhos quando sabe, por cartazinhos colados nas lojas dos comerciantes ou por panfletos distribuídos nas ruas, que dentro de dois dias a população judia de Bucareste deve fornecer quatro mil camas, quatro mil travesseiros, quatro mil cobertores, oito mil lençóis, oito mil fronhas.

O que vão exigir de nós agora?, pensa ela.

Não sem um certo embaraço, Moritz revela à sua filha que os judeus pagam vinte *lei* pelo pão, e os cristãos, quinze.

Eles só têm direito a cinquenta gramas, enquanto os cristãos, a cem. Moritz deve fazer compras num horário estritamente limitado: entre as dez da manhã e o meio-dia. A camponesa que lhes entrega o leite será severamente punida se vier fora desse horário autorizado. Apesar de sua idade já avançada, Moritz deve se levantar às cinco da manhã para participar da limpeza da neve. Ele volta às oito da noite, extenuado. Nem prova a *mamaliga*, um purê de milho acompanhado de queijo branco, que sua mulher preparou.

Greta, a empregada que vinha ajudar minha avó a cada dois dias, foi despedida porque os judeus foram proibidos de ter serviçais domésticos. A ajuda para Anicutza cabe agora a Berthine, a irmã que ficou no país, que se ocupa da casa entre os cursos de solfejo que ela dá acompanhada do velho piano de cauda. Anicutza cozinha as *sarmales*, a *zacusca* de cogumelos, o caviar de feijões brancos, a *plăcintă cu carne*, frequentemente sem carne, com cebola e pedaços de pão, a *moussaka* de berinjela com carne, quando a encontra. Acabaram-se os *mititeï*, linguiças cozidas no fogão a lenha. Acabaram-se os bolos feitos em casa.

Quando os pais de Izu, Golda e Slomo, passam para vê-los, devem apressar-se para voltar antes do toque de recolher das oito horas. Em certos dias, é até mesmo proibido fazer visitas entre amigos e parentes. Não lhes é mais permitido entrar em cafés ou docerias. Moritz atenua as afrontas que recebe: *ao lado das batidas nas ruas, das execuções e deportações, isso parece secundário. E até o momento, carregar o Magen David, a estrela amarela, não é obrigatório*, ele escreve à sua filha.

Algumas vezes no domingo, na saída da cerimônia religiosa da igreja católica, minha avó acompanha meu avô pela grande artéria burguesa de Bucareste, avenida *Calea Victoriei*. Anicutza continua elegante, embora tenha envelhecido.

Meias negras finas, um grande mantô que escapou das requisições, chapéu de feltro bordado com suas iniciais, colar de pérolas, luvas com rendas. As vitrines, a arquitetura, os passantes com os quais trocam saudações, tudo isso os faz esquecer momentaneamente as humilhações.

Eles nos humilham, mas não conseguirão destruir nossa alma, ela clama em seu foro íntimo.

A opressão estava lá, aberta ou dissimulada. De todo modo, a alegria continua, ou faz-se de conta de que ali está. Berthine está prestes a dar à luz. Ela escreve à sua irmã: *6 de janeiro, 1940. Querida Sissi. Fiz 27 anos no dia 5 de janeiro, todo mundo foi muito gentil e me ofereceu presentes. Meias de seda, perfume, pinico, um cíclame rosa, uma torta com creme, meu chocolate preferido, uma bolsa, uma camisola com a previsão de chegada de Florinel. Aqui sabemos o que se passa aí, lemos os jornais, vemos as fotografias, ouvimos rádio e os programas para soldados.*

O que Anicutza prefere é escrever para Sissi, sua filha caçula exilada em Paris. Diz-lhe que tudo vai bem, e assim a preserva de todos os males. Com obstinação, dedica-se a encontrar fórmulas para driblar as interdições internacionais e enviar-lhe dinheiro. Não espera reconhecimento, nada faz além de seu dever, o de ajudar suas crianças enquanto viver.

Anicutza está tão preocupada.

Será que ela dorme numa cama boa? Será que come para matar a fome? Seu mantô de inverno ainda lhe serve? O que será deles?

Ela está orgulhosa do novo companheiro que sua filha escolheu. Já o considera como um filho. Queria tanto abraçá-lo. É com ele que Sissi fará seu caminho mais longo, disso está segura. Para a vida.

Meu único raio de sol, meu único verdadeiro amor, escreveu-lhe.

Anicutza sente saudades do tempo em que suas filhas sentavam-se à mesa. Então lhes cortava cinco ou seis fatias de queijo e bebiam chá. Ela compartilha o conselho de Moritz. Não entende muito bem por que sua filha não se contenta em ser uma boa esposa e se obstina em estudar. Está longe de imaginar que Sissi mudou completamente seus planos para reencontrar o marido e que, naquele instante, os estudos foram suspensos.

Muitos meses de silêncio e, por fim, uma carta chega da França. É de Sissi.

Anicutza não espera a volta de Moritz para rasgar o envelope. Senta-se perto do forno. Acaricia a escrita redonda, aspira o papel com manchas de tinta. Um grande alívio se mistura a um temor súbito que a invade. Izu. Ela não ousa começar a leitura.

Muitas vezes ela se reconfortou imaginando Sissi e Izu tranquilos, numa nova viagem. *Eles deviam ir respirar num lugar calmo e de ar fresco. Seria bom se pudessem ficar ali por um mês, tendo tempo para repousar os nervos agitados.* Está tão longe deles, Anicutza. Se soubesse. Um copo de vinho a acalma, dá-lhe a coragem para se decidir a ler. Fica sabendo que Izu está num campo militar em Morlac. Sissi não via seu marido há sete meses. Ela acaba de reencontrá-lo. *Ele é inteligente, bom e amoroso como antes e, além disso, foi condecorado com a Cruz de Guerra com uma bela citação – Chefe de grupo que, no curso das operações de 8 de junho, foi exemplo magnífico de coragem para seus homens. Espero que isso lhe sirva depois da guerra.*

Agora, nesse campo francês calmo e oloroso, a hora dá a sensação de um *farniente*. Busca-se o que fazer, esperando a desmobilização. Izu vai todos os dias ao campo militar e faz ali alguns serviços de escritório. Todos os dias volta "para casa". O pequeno soldo que recebe e a ajuda de custo de que se beneficia Sissi lhes permitem não morrer de fome, esperando uma hipotética ajuda familiar.

O que faz Sissi? Os serviços de casa. Nenhuma ocupação definida. Ela espera seu marido. Ela experimenta tricotar e não se desatualizar, estudando com alguns livros emprestados na Prefeitura. Ela encontrou um piano fora do tom, tendendo para o grave e que possui um tom metálico, desagradável, mas é melhor do que nada. Um fabricante local de quinquilharias forjou-lhe, pela primeira vez em sua vida e sob sua direção, uma chave para afinar piano. Ontem ela começou a atarraxar as cordas, uma por uma. Isso avança devagar, avança. Ela espera terminar essa noite. Izu traz sempre seu violino consigo. Juntos, vão poder retomar os consertos. Ele conheceu um outro violinista da cidadezinha, François Rébillat. Tornaram-se amigos. Graças a esse cotidiano aparentemente tranquilo, Izu teve tempo de acrescentar algumas palavras às cartas endereçadas por Sissi a seus pais. *Por agora, não podemos nos queixar. As funções naturais estão sendo satisfeitas. Paris me faz falta, assim como uma vida tranquila. Talvez tudo retorne em ordem. Com todo o meu amor, Izu.*

Meu pai escreveu a seus sogros: *Se for preciso tocar essa peça, vamos tocá-la até o fim.* Respirar, olhar, escrutinar, recompor, redesenhar o mais precisamente possível, limpar algumas migalhas.

Reencontrar os atores dessa peça de teatro acabada: François Rébillat, o violonista desta cidadezinha francesa, convertido em amigo de meu pai durante a debacle, depois sua família e talvez até mesmo a sua jovem aluna que devia casar-se com o prefeito; sim, revisitar os lugares onde a história se passou.

Espero o Micheline, o trem de pneu. A estação de Morlac não é mais servida por ele. É preciso passar por Saint-Amand Mont-Rond, como fez minha mãe há sessenta anos. De lá, um ônibus me conduzirá à cidadezinha. Estou estirada sobre o banco de madeira da guarita da plataforma. O tempo está bom. O sol, um pouco frio. Tenho todo o meu tempo. Meu olhar é atraído para a parede de pranchas azuis, a mesma em que minha mãe também deve ter reparado. A Micheline vermelha lança seu silvo agudo. Eu subo. Sou a única passageira. Os vidros de plexiglas espalham o brilho dos trilhos oxidados.

A cidadezinha é tão banal, tão tranquila. As ruelas, vazias. A ociosidade. Seria vão tentar achar uma padaria, uma mercearia, um café-tabacaria. A igreja, onde estava fixado o aviso funesto de Pétain, está fechada.

No fundo de um pátio gradeado, recoberto de pedrinhas, a Prefeitura. Madame Préault, a encarregada, me abre os registros.

– Sim, de fato, François Rébillat morava na cidade em 1940. Não, o nome de seu pai não está mencionado. Se a senhora quiser, pode entrar em contato com sua sobrinha, senhora Pilorin. Ela é aposentada, viveu na cidade. A senhora sabe, as pessoas têm memória. Com um pouco de sorte... Na época em que meu pai morou nesses lugares, a senhora Pilorin era menina. Ela conheceu o professor Rébillat. Ele a fazia cantar *Les Blés d'or* acompanhando-o ao violino. Ela não tem outras lembranças e me aconselha a ver a senhora Sivar. Esta senhora tem sessenta e oito anos. Ela veste um avantal de cozinha com estampas quadradas e chinelos de feltro puídos. Ela se mantém curvada sobre o seu velho fogão de ferro fundido. Suas mãos já estão um pouco torcidas pelo reumatismo. Alguns traços de permanente ainda marcam seus cabelos brancos. Ela me mantém um pouco à distância, desconfiada. Por que revolver esse passado? Esperar, não importunar a antiga jovem que agora vive sozinha na fazenda. Na juventude, evidentemente, ela conheceu o senhor Rébillat. Eram vizinhos. Seu pai era ferreiro e o senhor François vinha com frequência vê-lo na forja.

– Ele tem até mesmo um *stradivarius*. Ele me ensina a tocar. Eu conheço tudo, o "Danúbio Azul" e mesmo a "Tiroleza". Ele é organista na igreja. Seu filho também toca. Eu não tenho a foto, eu tenho um programa para os prisioneiros. Veja.

Para meu espanto, a senhora Sivar fala no presente dessa época tão longínqua. Como se a imobilidade de sua vida a fizesse confundir todos os tempos. O traço redesenha-se ao revés, preenche o vazio. O passado reaparece, se anima diante de mim. Um presente contra o esquecimento.

– Há um outro homem que também toca violino com ele. No fim de tarde, ele deve voltar ao acampamento. E de repente, todos eles partem, os militares. Se você quiser, posso lhe mostrar onde o seu pai encontra seu amigo François. Dissimulo minha emoção. Sigo-a. Esses poucos metros transpostos devagar reduzem a distância entre mim e meu pai. Nada é mais natural, vários decênios mais tarde, do que roçar pelos lugares desses mortos que hoje estão lá. Na esquina de uma rua, uma pequena casa de pedra já suja. Uma porta de madeira deteriorada, cortinas imundas na janela do piso térreo. No andar de cima, uma lucarna dá para um sótão.

– A casa está fechada há muitos anos. Agora, François está morto. A senhora Rébillat, Maria, também morreu, todo mundo morreu. Os filhos foram embora. Aqui na região ninguém sabe. Talvez o tabelião. Sua nora era professora em Saint-Amand, na Escola dos Colmos. Ela casou de novo com Guy Laborgne. Ele está em Orval e poderia talvez lhe dizer mais.

O tempo se desenrola, simplesmente.

A forja do pai Sivar está recoberta de teias de aranha. Silêncio. Um gato se esgueira entre as ferramentas. Tiro a poeira da ferradura enferrujada que recebo como lembrança. Enrolo o presente na folha de um velho jornal. O grande martelo mecânico, acionado orgulhosamente em reverência ao morto, faz ouvir seu ruidoso som de sino rachado. Madame Sivar se recorda.

– Sim, aqui era a zona livre. Os ocupantes sabiam, mas passavam assim mesmo a linha de demarcação. Eu assegurava as provisões para os resistentes. Na zona ocupada eu passava de bicicleta diante dos alemães. Cinquenta e sete quilômetros de ida e, na volta, eu escondia minha bicicleta. Era preciso desconfiar. Os *maquisards* não estavam longe, em Saint-Amand e Lignières. Os nazistas entraram na igreja e mataram dois franco-atiradores. Puseram fogo na capela para fritar os habitantes ali presos.

Espero em silêncio. Nenhum detalhe, nenhuma emoção. O horror dos acontecimentos parece ter extinguido suas lembranças. Não saberei nada a mais.

Arquivos do Departamento do Cher. Minhas mãos, quase paralisadas pela ansiedade, desfazem o nó do classificador no qual estão empilhados os números antigos do *Journal du Berry*. As datas desfilam. O som da guerra estronda. O massacre local que me contou madame Sivar não é mencionado, assim como suas inúmeras viagens nas barbas dos alemães. O que importa é a lembrança verdadeira ou falsa desta fazendeira influenciada pelo horror da guerra. Ela pode contar e eu acredito. Mais do que as manchetes dos jornais da época, com informações de correspondentes de guerra que não estavam no local, as revelações dessa velha mulher revelam a história, a verdadeira.

Hoje, o padre Maurice abriu as portas da igreja. A luz invade os interstícios, espalha os brilhos coloridos sobre as velhas lajes, acaricia os velhos bancos desgastados. Maurice é um frade missionário do campo. Ele percorre a região. Com sua associação, ele se devota à manutenção da chama para que a fé não se apague completamente. Pode celebrar uma missa, um batismo ou um enterro, ou ainda os três ao mesmo tempo. Madame Pilorin me avisou, ele rezará uma missa em 15 de maio, na velha igreja de Morlac. Ela mesma cantará e madame Préault o acompanhará no harmônio. Ela trará flores dos campos para substituir as velhas flores artificiais.

Vou à igreja. Os sinos. A emoção. Fecho os olhos. Agosto de 1940.

Sissi aparece na contra-luz da abertura da porta e se dirige para o harmônio. Seus cabelos negros estão presos por uma rede transparente, veste uma saia de tecido azul--marinho, blusa branca, sandálias abertas. Está feliz. Vai tocar com seu marido. Izu tirou seu uniforme militar. Veste o famoso pulôver que ela lhe tricotou durante horas intermináveis enquanto esperava sua hipotética desmobilização. Aperta contra o peito seu violino alto que ela foi recuperar no penhor. Rébillat caminha orgulhosamente, ainda que mancando, com seu "Stradivarius" na mão.

Hoje, frei Maurice vestiu de novo sua alva. Dirige-se aos fiéis que vêm receber a palavra sagrada. A emoção é perceptível.

– Eu lhes apresento Mireille, a senhora que vocês veem aqui. Há alguns dias, ela me escreveu para relatar a história de seu pai, Isaac Abramovici. Ele viveu em Morlac em 1940. Era um violinista virtuoso. Foi preso pela Gestapo em Nice e desapareceu no comboio 73 com cem homens no dia 15 de maio de 1944. Devemos oferecer nossas preces pelos dramas passados e, infelizmente, pelos de agora. Isso faz parte de nosso dever de memória.

O harmônio lança suas primeiras notas. Madame Pilorin entoa o canto sagrado.

– Senhor, tu nos chamas e nós vamos em tua direção...

Frei Maurice, juntando as mãos, incita à contrição e, depois, salmodia.

– Voltemo-nos para Cristo com confiança. Ele é o bom pastor que cuida de nós. Ele deu sua vida por seus cordeiros. Ele dá a vida e a retoma. Amém.

O público escuta a homilia. A sombra de meu pai circula entre colunas e bancos.

Em setembro de 1940, Sissi e Izu abandonaram a ideia de voltar a morar no "enorme" apartamento de Paris. Talvez um dia, dentro de um mês, em alguns anos. Não alimentam projetos nem ilusões e, no entanto, se entediarem numa cidadezinha de mil habitantes na zona ocupada, e ali esperar a desmobilização de Izu, isso não lhes convém.

Seu amigo Flavian, alistado no grupo de unidades de passagem de Septfonds, no Tar-et-Garonne, entra em serviço num dia quente de junho. Com o apoio de seu chefe, o comandante Puaud, ele procede à desmobilização de sua companhia. Para seu amigo Izu, o estrangeiro sem trabalho e sem domicílio, e, além disso, judeu, Flavian faz milagres. Arruma-lhe um certificado de trabalho e lhe dá uma soma considerável de dinheiro. Izu está desmobilizado como os outros da companhia.

Izu e Sissi deixam então Morlac e chegam clandestinamente ao acampamento da companhia de Septfonds, extenuados.

O ss Richter da Sipo sp de Bucareste, signatário do primeiro documento que pedia a captura do judeu Abramovici, certamente não teria aprovado a iniciativa de Flavian. Ele ficaria mais contente se um judeu estrangeiro apodrecesse em algum lugar.

Alguns dias mais tarde, meus pais deixam Septfonds no trem que repatria refugiados para Paris. O quartinho lhes espera e tudo vai voltar à ordem antiga, eles esperam. Mas diante das prisões que se multiplicam na zona ocupada, decidem permanecer na zona livre e reencontar Flavian, já instalado em Nice. Meu pai, como é costume seu, ironiza quando escreve a seus pais: *Logo estaremos em Nice. Nós somos assim, cheios de pretensão, depois da caça e de fortes sensações, nos permitimos o luxo de descansar na Côte d'Azur.* As peripécias dolorosas que se acumularam naqueles dias mal são mencionadas por Sissi em suas anotações íntimas.

Algumas indicações sobre o frio e umidade da catedral de Bourges onde tiveram que dormir algumas noites, às vezes débeis alusões à desastrosa higiene do acampamento de Saint-Amand, onde se esconderam, alguns detalhes sobre a promiscuidade que tiveram de suportar quando se refugiaram no medonho centro de acolhimento de Bourges. Irrelatáveis são as sirenas de defesa que ressoam dia e noite... A decepção de Sissi é imensa.

No tsunami que os submerge, não escrevem mais aos pais. E Sissi abandona seu diário íntimo.

Como dois fugitivos, encalham em Nice. Seu objetivo, manter a cabeça fora d'água, sem se molhar.

O sono é meu refúgio.
Duas silhuetas de costas correm pela montanha. Vestem mantôs compridos e azuis, compridos até os calcanhares. Meu pai e minha mãe, sem dúvida. A neve é espessa. A polícia. Os cães uivam sobre a neve.

A sequência do filme é subitamente cortada.

Soa o despertar.

Meus pais certamente ignoram que o ss Eichmann foi nomeado chefe da Seção IV B 4 em Berlim e que tem por missão exterminar todos os judeus da Europa. Também não imaginavam estar com uma espada de Dâmocles sobre a cabeça: não podem supor que o Departamento de Assuntos Judaicos da Legação Alemã em Bucareste é dirigido por um diplomata-policial, que não é outro senão Gustav Richter, o mesmo que assinou os pedidos de prisão de meu pai. Richter decidiu encurralar o judeu Abramovici, Marcel ou Isaac, pouco importa. Um judeu se esconde em alguma parte da França. É tudo. Achar a sua pista, persegui-lo.

Infelizmente, no momento em que folheio os arquivos e que procuro me aproximar desses pais corajosos, sessenta anos se passaram. Uma estranha determinação mora em mim: estou persuadida de que posso, ainda hoje, avisá-los do perigo que correm. Escritórios da Legação Alemã em Bucareste. Uma pequena escada de ferro que dá para uma grande sala. Revestimentos em madeira. Mesas de escuta que ronronam, trabalhadores com camisa cor de poeira cáqui anotam em grandes livros: nome, endereço, família, hábitos, amigos, denúncias. Catracas para barrar o caminho.

O ss tira de uma pasta um maço de cartas e o deposita sobre a mesa de um empregado de camisa cinza, braçadeira do sd no braço esquerdo. Um porta-canetas manchado de tinta, um lápis grosso azul. Servidor zeloso da polícia de segurança e do sd do Escritório Central da Segurança do

Reich, iluminado por uma lâmpada fraca, o homem se põe ao trabalho. Em sua mão, um pequeno objeto oval, metálico, que ele manipula mecanicamente. Numa das faces do objeto vê-se a Águia Alemã tendo em suas garras a coroa de louros contornando a cruz gamada e na outra, gravado, "Polícia Secreta do Estado", com um número.

Ao lado deles, Radu, um jovem romeno requisitado, desocupado, pobre, nacionalista, antissemita, talvez um judeu, balbucia a tradução da carta que Sissi enviou a seus pais de Nice. De tempos em tempos, ele sublinha uma frase, uma palavra: *Em todo caso, temos o essencial – a juventude, o amor, a harmonia. E se for preciso "manger de la vache enragée", coragem não nos faltaria.* O empregado, Radu e menos ainda Richter entendem a expressão "comer o pão que o diabo amassou". Traço vermelho e ponto de interrogação. O empregado da segurança vira, revira seus papéis, os cartões-postais cobertos com a letra de Sissi, ou ainda pela de Izu, talvez a de Anicutza ou de Moritz. Radu faz um traço azul em diagonal e escreve um número cabalístico: 44. No pé da página, outro número: 427286. O empregado da segurança carimba: CENSURAT! *125, 6346, 592, 304410, 6255/37.*

Em 1940, e mesmo antes, meu pai havia compreendido. Decidira ignorar a censura. Com sua escrita fina e cuidada, sem erros de grafia, ele fazia aos sogros uma análise anunciadora e sem concessões da evolução do mundo. *É duro ser youpin* e estrangeiro, e viver na atmosfera dos dias de hoje. Por ser youpin, fecho os ouvidos e baixo a cabeça. Estrangeiro, devo gritar alto que fui herói e mereço a generosidade da França que se recusou a me conceder o direito de trabalho. Para não ser asfixiado pelo clima atual, aqui e ali tapo o nariz e respiro pela boca. É apenas uma questão de treinamento.*

---

* Na França, pejorativo de judeu (N. da E.).

Minha opinião pessoal? Não há senão incerteza nessa pobre vida. O direito à existência, por enquanto, está prescrito. Só nos resta ser filósofos. Vivemos um verdadeiro calvário, e estou bem situado para sabê-lo. Fiquem tranquilos, de que aqui, entre nós, a última palavra ainda não foi dita. P.S.: *Ainda sou jovem e não vou deixar a guerra me destruir, ao menos a juventude de minha alma e a riqueza que ela guarda, Izu.*

Carimbo preto, carimbo vermelho, todos esmagam a escrita. O devotado servidor rascunha um relatório. Sua caneta relha sobre o papel *pelure*. Ele balbucia enquanto escreve: *A família Wisner... O pai, judeu, joalheiro... Teria diamantes em sua loja... Escondidos... Manda dinheiro para a França. Em frascos... Mil francos por frasco... O judeu Abramovici é quem os recebe. É Theiler, o comerciante de madeira que lhes remete... Vários agentes implicados... Bun pentru* RSHA*!* Assinatura. O burocrata encerra o relatório.

O homem se levanta, prende no seu paletó a águia imperial alemã que agarra a cruz gamada. Os colegas o veem sair. *Heil Hitler!*, o braço brutalmente erguido desce novamente. O autômato deixa a sala.

O documento estampilhado "secreto" será enviado ao ss Eichmann, responsável pelo Escritório Central da Segurança do Reich em Berlim. Depois, Paris e Marselha receberão esses pedaços de vida íntima desventrados e que serão empilhados nas prateleiras dos responsáveis locais.

Assim, o judeu Abramovici, Marcel ou Isaac, pouco importa, o indesejável, inimigo do Reich, não poderá mais escapar. Pobre *youpin*.

Minha mãe conservou inúmeras fotos, suas coleções de caixas de fósforos, seus tocos de lápis velho, suas toalhinhas de mesa romenas, bordadas, seus amuletos "martisores" que a mãe lhe enviava a cada ano, ou ainda sua irmã, para festejar a chegada da primavera, os cartões postais de suas viagens, as inúmeras cartas enviadas e recebidas, os papéis oficiais da família, as certidões de nascimento, de batismo, de casamento, de falecimento, suas agendas, diários íntimos de sua vida de estudante, depois de esposa, os recibos de aluguel, algumas palavras rabiscadas em folhas soltas, as mensagens de amor de seu marido, tudo o que restava de sua felicidade efêmera.

Ano após ano, de mudança em mudança, de quartos de hotel a apartamentos mobiliados, ela organizou cuidadosamente seus únicos tesouros em classificadores de cor azul, ela só gostava do azul.

Encontro tudo isso em seus armários, em meio às roupas.

Minha mãe empoleirada em sua escada de mão. Delicadamente, ela retira os dossiês. Um odor indefinível, talvez de tinta. Às vezes ela se impacienta. As etiquetas a reconfortam: 1937, 1940, 1950, 1960, 1980… A vida se desenrola sob seus olhos: os tormentos de Anicutza, os pensamentos amorosos de Izu, suas opiniões políticas, as discussões entre eles, suas exigências, seus projetos. Olha parada. Como que petrificada. A caixa azul não pode resumir o que se passa. Decepção de uma vida frustrada, medo, distância. Não, não vale a pena. Por quê? Por quem? Ela não abre a caixa de papelão azul. Uma carícia distraída e o pano recobre de novo o dossiê doloroso.

Ao fotocopiar as cartas de meus pais, experimento por um instante o prazer de possuir os traços de uma história que faço minha. Passeio minha lupa por sobre os endereços e os selos. Viajo pela Romênia dos anos de 1940: o Ateneu de Bucareste, suas colunatas, o domo bizantino. O parque do rei Carol I, seus majestosos pinheiros bordejando as alamedas. Os selos da Posta Romania de doze e de vinte *lei,* sempre com a efígie do rei Carol I, o primeiro soberano da casa Hohenzollern-Sigmaringen que reinou no país. Outros selos me desviam de meu devaneio: a República Francesa de quarenta francos, o marechal Pétain de oitenta francos...

Um jovem se debruça sobre a fotocopiadora e o que ela lança no ar lhe chama a atenção. Ele está impressionado, me diz.

– É fantástico o que você tem aí. Você tem quantos? Cem? Mais ainda? Sessenta anos, isso já representa uma coleção, sabe? Posso ver as datas, os selos.

Eu esquecera que minha mãe tinha a mania de colecionar tudo o que pudesse ser um biombo contra o desaparecimento, o nada, o vazio. Os selos eram outra coisa: uma ilusão de viagem, uma bandagem contra a fragilidade da vida.

O jovem prossegue.

– Eu sou jovem, mas trabalho com um filatelista experimentado. Se você quiser, ele poderá lhe explicar todas essas marcas, esses números, esses carimbos.

Sim, por que não?

Mas terá ele um olhar desaprovador contra a censura romena, ficará ele ofuscado pelo sacrilégio dessas rasuras, desses números cabalísticos, desses carimbos raivosos, desses signos vingadores que invadem a correspondência pessoal? Saberá ele me falar do ódio? Saberá me dizer o que é um antissemita?

Nice, setembro de 1940. Para todos aqueles que combateram corajosamente, a vida idiota começa. Para alguns, a Côte d'Azur oferece as sestas prolongadas ao sol: Passeio dos Ingleses, aperitivos no Cintra, chás no Ruhl. Para outros, os judeus que conseguiram se infiltrar no território, é preciso tentar viver entre a peste e o cólera. Eu conheço bem essa foto. Dois jovens flanam no Passeio dos Ingleses. Eles acabam de ser surpreendidos por um fotógrafo que persegue os passeantes. Meu pai tem o ar sério, seu rosto mostra uma determinação orgulhosa. Digno, elegante: terno impecável, calças com vinco, camisa branca, gravata escura, sapatos bem engraxados, sobretudo no antebraço esquerdo, jornal cuidadosamente dobrado na mão. Percorre a orla com um sorriso afável. Minha mãe o segura pelo braço com ar de esposa radiante. Com a outra mão, balança seus óculos de sol com certa impaciência. Amanhã, Isaac poderá enviar à família da mulher o testemunho de como eles deram certo. Esperar não é mentir.

Olhando a foto mais de perto, constato que meu pai envelheceu prematuramente. A guerra já o marcou profundamente, sobretudo o fato de ser apontado como pestífero. Ele sempre declarou que, antes de ser judeu, é um homem. Mesmo se aprecia a *matsa*, a galette sem levedo, que mastiga nas festas do Pessakh, ele sempre repete: *antes de ser judeu, sou cidadão do mundo.* Porém, como bom analista, ele sabe. Ele e sua mulher devem passar despercebidos, fundir-se na massa aqui em Nice.

O que veria Richter nesta foto? Marcel ou Isaac? Um judeu a ser abatido, eis tudo. Sissi e Izu reencontram Flavian e Lola. Flavian compra *Timpul, Le Temps*, o que permite a Izu e Sissi também os lerem. Ontem à tarde, deram por acaso com a rádio Bucareste e ouviram as notícias do país. Sissi parece eufórica quando escreve a seus pais ter visto Gaby Morlay e que Izu percebeu Albert Préjean na rua. Mas não se deve confiar, a situação não é tão rósea assim. Todas as profissões estão proibidas aos judeus, salvo no mundo artístico. Depois de vários meses, Izu espera obter sua licença de trabalho: *Como ser paciente, se não se sabe quanto tempo será preciso esperar?*, confessa-lhes Sissi.

Os espiões pululam na região. Linder, prenome Gustav, cerca de trinta anos, tem por missão desencavar o judeu. Sua carta de registro na Gestapo, carimbada pela *Kommandatur*, menciona a *matrícula 1944, agente alemão n. 27 – Profissão, locador de reboques*. Sem sotaque, louro, altura mediana, fala correntemente o francês. Tem uma verruga perto da narina esquerda. Geralmente vestido em cor marrom, nesse dia ele está com um impermeável de mangas que sobem até a gola. Ele segue uma jovem mulher que passeia pela cidade, sem aparentemente conhecê-la.

Sissi está sozinha. Tem o ar cansado, mas parece, apesar disso, feliz. Ela se lembra de suas viagens de menina à Itália, a Milão. Ela parece apreciar o mar, o sol, as palmeiras. Admira as lojas elegantes, as arcadas, as galerias.

Gustav Linder repassa as instruções: *Atenção, não se fazer notado. Se o interessado encontrar alguém, abandonar a campana e seguir a nova pessoa.* Ele se admira de ver essa jovem passear pelas ruelas da velha Nice, aquelas que os turistas desdenham. Não entende o prazer que ela experimenta ao explorar ruas estreitas, tão sujas. O que ela faz? Sissi procura um quarto. Ela acaba de encontrar um no centro, em casa de uma senhora idosa. O aluguel não é caro porque não tem água corrente. Tanto faz, é algo apenas provisório. Ontem, ela preencheu todas as formalidades. Na condição de estrangeira, teve que se inscrever no Comissariado da região de Nice. Deram-lhe um salvo-conduto que ela deverá mostrar a cada deslocamento. Também descobriu a biblioteca municipal, as lojas de música, os filatelistas e, depois, os restaurantes mais baratos. Lamenta ter abandonado seus estudos de medicina, tanto faz, ela os retomará depois da guerra.

Gustav Linder dissecou a ficha do judeu Isaac Abramovici na cartoteca do serviço central de segurança da Gestapo. Há uma cópia no fichário central dos estrangeiros da polícia municipal de Nice. *O imigrante acima nomeado, Isaac Abramovici, entrou na França em 1937. Documento de permanência: comprovante de pedido de estrangeiro número 0022, firmado em 19 de setembro de 1937, válido até 18 de março de 1942. Se for provado que ultrapassou a linha de demarcação clandestinamente, será expulso, ele e sua família.* A ver. Ele anota: *Sylvia Wisner, sua esposa, veio refugiar-se na zona livre. O judeu Isaac Abramovici a encontrará depois. Aparentam estar prevenidos e temem represálias das autoridades de Ocupação em virtude de sua confissão israelita. Fazem parte desses indesejáveis que correm o risco de contaminar a região.*

Se as informações forem ratificadas, Gustav Linder ganhará cinquenta mil francos na primeira denúncia. Se não trouxer informações úteis suficientes, não vai receber a soma prevista. Hoje ele não tem grande coisa a falar. Turenne, seu chefe, não vai ficar contente. Gustav tem medo. Um desejo irresistível o domina: no bar do Grande Hotel Noailles, ele toma um copo, depois o segundo e ainda um terceiro. Já não sabe o que faz. No Embassy, bastante embriagado, fala muito para quem quiser ouvir e até mostra sua identidade de agente inimigo. Sua amiga Sigridt Raulic, também ela a serviço da Gestapo, não deixa de repreendê-lo.

– Se o virem voltar nesse estado, já já irão chamá-lo de "perigo público número um"; sabe que risco você corre?

Gustav bate ruidosamente a porta de seu Peugeot cinza.

Camaradas de setembro de 1939, camaradas de maio de 1940, camaradas de derrota. Flavian, o grande amigo do regimento de meu pai, reencontra em Nice os companheiros de ontem. Nessa aparente inação, Flavian não se esquece de sua missão: resistência aos alemães, oposição a Vichy, ligações com Londres. O objetivo de todos: expulsar os boches da França. Ele contata os antigos combatentes da Legião Estrangeira, a começar por aqueles que serviram sob suas ordens, os alistados voluntários estrangeiros do 23º RMVE, de Barcarès, que haviam encontrado refúgio na Côte d'Azur. E entre eles, por certo, Izu, seu amigo.

Cada soldado recebe uma matrícula e um pseudônimo. Flavian, ou de preferência Murat, pediu a Izu, aliás Claudius, para organizar rapidamente a formação de jovens resistentes que afluem para o sul. O objetivo, destruir as instalações inimigas. Izu, que possui noções elementares de sabotagem, se converte em instrutor.

Na associação l'Amicale, na rua Victor Juge, em Nice, ele depõe com calma sua pasta e dali tira um bloco de anotações perfurado. Cem folhas.

Ele relê as notas que havia tomado quando aprendiz em Barcarès. *Detonador. Mecha lenta, espécie de revestimento contendo pólvora preta. Um metro queima em noventa segundos. Explosivos: pólvora negra (enxofre, carvão, salitre, cloreto de magnésio). Para ser eficaz, deve estar bem cheio e ser bem compactado. Pistola automática, modelo 1935 A-S, carregador oito cartuchos. Revólver Mle 1892 8mm. Acionamento simples e duplo. O tambor pende para a direita. Munição carregada de pólvora negra. Revólver Mas 1873-1874, 11 mm. Tambor: seis cartuchos. Funcionamento simples ou de dupla ação.* A demonstração dura a tarde toda.

Com as anotações que minha mãe conservou do recruta Isaac Abramovici, desenha-se a silhueta desse pai que não conheci e de quem me orgulho.

S obre a mesa da minha cozinha, Flavian e meu pai, em uniforme de combate, diante do acampamento de Barcarès. Capacetes, capotes fechados, grandes botas. Flavian parece sonhar, Izu mira orgulhosamente à frente.

Olho ainda três outras fotografias.

De licença em Perpignan, Flavian, Izu e Nehama. Três amigos sorriem diante da objetiva. Izu faz o palhaço.

Passeio minha lupa sobre um grupo de homens em posição de sentido. À esquerda, meu pai, como porta-bandeira, e, no verso, um registro: *30 de abril de 1941, reunião diante do Monumento aos Mortos*.

Flavian, sentado em seu escritório, cachimbo na boca, concentrado. Sua caneta corre sobre o papel. *Da Noite Para a Luz*, seu futuro livro. Hoje, eu o folheio na esperança de encontrar aí algumas palavras sobre meu pai: *Em 30 de abril de 1941, data de aniversário da batalha de Camerone e Festa da Legião, reuni os homens diante do Monumento aos Mortos. Ombro a ombro, clarim à frente, os peitos carregados de condecorações ganhas no campo de batalha, nos recolhemos todos com a certeza de partir de novo um dia para a grande batalha da vitória.*

Aproximo o texto de Flavian à fotografia de Izu como porta-bandeira. Desta vez, não estou enganada: meu pai, como mamãe havia dito, entrou para a Resistência.

Imagino Izu num pequeno café de Cannes ou então de Nice, num dia chuvoso de outubro. Está em companhia de cinco camaradas, não faz perguntas, espera.

A aurora aponta seu nariz. Fecho as cortinas. Me estiro na cama, me cubro com um lençol. Desapareço, imóvel. Adormeço.

Um papel espesso de cor ocre, craquelado e amassado pelo tempo, que desdobro com precaução. Um telegrama. Algumas palavras anônimas em letras maiúsculas, uma tinta violeta descolorida: MENINA E SISSI PERFEITA SAÚDE. Mensagem datada de 17 de julho de 1942. *Caros pais. Vocês certamente receberam meu telegrama e souberam que tivemos uma filha, nós lhe demos o nome de Claude. Ela é rosada, o rosto tranquilo, olhos azuis, cabelos castanhos. Izu acredita que ela tem minhas orelhas, e também a boca. Esperamos que ela se saia bem na vida.* Uma foto foi enviada para a família. Minha mãe, de saia plissada branca, casaco raglã branco, cabelos penteados para trás, carrega em seus braços a recém-nascida com elegância e doçura. Meu pai, terno preto, gravata, cabelos engomados, olha com ternura e orgulho o bebê vestido com rendas, minha irmã mais velha, Claude. Testemunho de sua felicidade diante da maldade do mundo.

Izu tem preocupações morais. Não possui autorização para trabalhar e o grande problema que se apresenta todo dia com agudeza cada vez maior é a "mangeaille", a ração, como ele diz. A irmã Maria de São José o ajuda a pôr de lado o orgulho e o incita a bater à porta do Foyer Familial de la Jeune Fille, situado na avenida Marechal Foch, em Nice. Assim ele recebe o dinheiro que sua sogra havia mandado de Bucareste por sua fieria religiosa. A irmã tenta dar-lhe novamente confiança: *Só Deus conduz o mundo e escolhe para cada um o que há de melhor. Ele não vos abandona e vos oferece, com essa provação, e por tão dura que ela seja, sua força e seu apoio.*

Izu não responde. Na guerra, como na guerra. Graças a esse dinheiro, poderá comprar leite para Claude, manteiga fresca, um pouco de geleia, algumas laranjas para dar vitamina à sua mulher, que tem dela muita necessidade. Está profundamente comovido com o sacrifício de seus sogros, já que também atravessam grandes dificuldades. Uma vez passado esse pesadelo, ele promete a si mesmo reembolsá-los até o último centavo. Cem vezes mais, mesmo.

Izu sobe de quatro em quatro os degraus de seu imóvel da rua Alberti, onde Sissi o espera. No térreo, saudação obrigatória a Alfred, o zelador. Ele desconfia deste homem de cinquenta anos, muito grande, que arrasta uma perna rígida. Ele possui olhos azuis, é quase careca. Quase sempre o vemos com um copo de conhaque na mão. Nestes tempos de restrição, é algo suspeito. Primeiro andar à esquerda, Irène, judia russa, discreta, amiga de Sissi. No segundo andar, uma outra personagem duvidosa, Bestati Giraldo, que fala italiano e alemão. Ele mora na casa de madame Poulleau. Sissi diz que é um agente da Gestapo e que trabalha no hotel do Hermitage. Todo mundo sabe que esse hotel é recheado de agentes de informação alemães que têm por missão se infiltrar nos organismos da Resistência.

Durante suas reuniões clandestinas, Izu, Flavian e os outros não escondem sua inquietação frente à atitude colaboracionista do governo de Vichy. Na maior parte do tempo, sua atitude precede as ordens do ocupante e suas decisões são inequívocas: é absolutamente necessário isolar os judeus, especialmente nas comunas de Nice e de Cannes. É preciso proibir a *esses indesejáveis que fazem apodrecer os campos franceses* qualquer deslocamento, obrigá-los a morar em hotéis, nos quais não poderiam sair sem autorização, e ordenar o depósito de seus vales de alimentação em um escritório controlado pela gendarmeria.

Izu está acabrunhado por causa dos folhetos que inundam há muitas semanas as caixas de correio ou os bancos públicos. Neles, os judeus são acusados de todo tipo de tráficos, ouro, moeda, joias. As "pessoas honestas" até insinuam que existe um tipo de franco-maçonaria israelita que privilegia a contratação de músicos judeus nos cassinos. Izu sente-se abatido. Nunca se sentiu tão velho, tão fraco, sem ímpeto, como se tivesse perdido a juventude. A situação política e sua situação familial o extenuam. Apesar disso, redobra os esforços; ontem, entre duas atrações, ele pôde tocar numa boate chique apenas algumas peças. Sissi o acompanhava ao piano. Fizeram muito sucesso. No entanto, Izu não foi sequer pago, pois sem carteira de trabalho ele não tem direito a nenhum salário.

Em uma carta que ela envia à sua mãe, Sissi descreve, não sem humor, o estômago vazio de seu jovem marido. *Izu tem um ar muito distinto em seu smoking e como nós não o fizemos passar por uma radiografia, para ver o conteúdo de seu estômago ou de sua carteira, ele pode continuar a se iludir.* E ele, de adicionar em *post-scriptum*: *Queridos sogros, afora esse problema, esperamos ansiosamente como irão se resolver as grandes questões internacionais. O mês de março se aproxima, e o mês de março é o mês da guerra. Esperamos que tudo vá se arranjar o mais rápido possível porque isso não pode durar tanto tempo dessa forma, particularmente no que respeita à saúde da humanidade. Suas cartas nos dão muito prazer; com todo amor, Izu.*

Esse homem maltratado tem a clara sensação de que um círculo se fecha ao seu redor e de sua pequena família. A que se resume sua vida? A se apresentar para um sim e para um não às autoridades, a gastar o pouco de dinheiro que existe em taxas e papéis timbrados, a aguardar por resultados. Às vezes, tem força para se dedicar ao seu violino. Sissi se dedica cada vez menos ao piano. Resta a ela a leitura, menos e menos. Certo, eles estão vivos, mas as cordas estão quebradas, os gestos inúteis. As palavras já não são de nenhuma ajuda. E o que faz Sissi? Arrumar a casa, lavar as roupas, cuidar da pequena Claude, refeições, caminhadas solitárias, esperar por Izu. Ela não vê ninguém, desconfia de todo mundo. Ela tem vinte e três anos, também está decepcionada, suas ambições destruídas. Pianista bem dotada, ela queria tornar-se médica para curar os enfermos, as crianças. Frequentemente, fica de mau humor, se agarra em Izu, seu querido amor. Sua caderneta íntima é seu fiel confidente. Eu a descobri dentro de uma pequena caixa que fui obrigada a forçar. Bem guardada, uma dezena de pequenos cadernos de capa dura me esperavam. Hesito, a emoção me paralisa. Enfim decido-me a ler.

Descubro uma Sissi incerta, contraditória, quase sempre angustiada. Ela não ousa encarar o futuro, ela critica sua inércia, ela censura suas cóleras contra seu marido, ela até pensou no suicídio. *Um outro dia perdido. Não pedir demais... Na verdade, a situação não é bem cor-de-rosa... Esses mercadores da morte, esses grandes capitalistas que se lixam para o mundo e nós pagamos as contas... Choro. Eu não quero envelhecer. Mas já me sinto fora de moda. Eu não quero morrer.* Por vezes, Sissi se refaz. Seu diário íntimo a reconforta. *É preciso sorrir e cantar na dificuldade. Eu repeti isso para mim cem vezes em meus sonhos.* Uma partitura desenhada apressadamente. Clave de sol, 4/4. Algumas notas. Trinados sobre o tema rápido: *do, ré, sol, sol, sol, la, sol, sol, fa, mi, fa, do.*

Intrometer-me na intimidade de meus pais e revelar sua vida privada. Alguns de meus parentes alertaram-me contra essa curiosidade que, segundo eles, seria indiscreta ou até mesmo malsã. Acredito que eles estejam errados e que eu tenho razão. Tenho orgulho de meus pais, orgulho de expor sua força, sua inteligência, seus dons artísticos, seus pensamentos corajosos. Por seu comportamento, eles pertencem plenamente à história. Estou certa de que eles concordaram comigo.

Visto da minha varanda, o céu é cinza, quase negro. Uma vez mais releio as cartas dos burocratas nazistas. Balbucio suas frases insensatas. As poucas palavras que compreendo me assustam. As que não compreendo, me inquietam. Não ouso pronunciá-las nem mesmo interpretá-las. De repente um trovão desata uma chuva violenta que tamborila sobre as aberturas das janelas envidraçadas semiabertas. O vento turbilhona emitindo um sopro grave. As portas do apartamento batem, o vento arranca as folhas que eu segurava em minhas mãos. Precipito-me para fora, corro em todos os sentidos para recuperar os documentos acusadores, emitidos pelo escritório central de segurança do Reich. Estendo os braços, em vão. Os papéis rodopiam no ar. Enfim uma leve calmaria os traz para o chão. As palavras das cartas se atropelam, se misturam, explodem na atmosfera. Em seguida, cada letra se destaca dessas terríveis palavras, se transforma numa multidão de moscas que invade o céu. Elas dão voltas, maldosas. Gritam com estridência. Não estou mais em minha varanda, não estou mais em Paris numa tarde de outono, estou nas imensas turfeiras dos pântanos de Prawieneské, perante um ossuário. Aos milhares, as drosófilas se precipitam e se aglutinam, devorando os corpos, um rosto, o rosto de meu pai, roído no fundo do buraco úmido... Eu expulso o filme ruim.

Retorno a mim.

As moscas pararam de zumbir na minha cabeça.

Eu dissera que iria localizar o assassino de meu pai, que recuperaria o fio do cerco armado contra ele. Então a vergonha substitui o medo. Com ânimo mais razoável, sento-me à mesa de trabalho. Retomo firmemente a leitura do documento.

Meu pai, esse grande traficante.

Sobre os documentos incriminadores do serviço ivb 4 da Sipo sd, instalado em Bucareste, minha atenção é atraída por uma afirmação estranha. A acusação menciona repetidas vezes a utilização de frascos *que o judeu Abramovici teria entregue a diversas pessoas...* e *que cada frasco representaria um valor de mil francos.* O que poderíamos fazer com mil francos naquela época?

Chamo meu amigo Pierre, jornalista e historiador. Pierre Abramovici e eu nos encontramos por acaso há alguns anos. Imaginamos durante um tempo que éramos da mesma família. Nossa homônimia nos aproximou.

Refletindo, levando em conta a inflação, ele estima que mil francos representavam uma quantia considerável, o equivalente a sete mil euros hoje em dia.

O documento especifica igualmente: *Verifica-se que o verdadeiro banqueiro desse tráfico de frascos é o antigo comerciante de madeira Theiler que se encontra na França.*

Sabe-se que Theiler e meu pai se frequentavam. Eu já descobrira nos arquivos da resistência em Vincennes. Mas o que representam esses frascos e este tráfico inexplicado?

A palavra *fioles* é a tradução desejável do vocábulo alemão *Phiolen.* Poderia ser tanto "frascos" ou "garrafas". As garrafas me fazem pensar na expressão "garrafas ao mar". Imagino, então, que dentro de cada garrafa esconde-se uma mensagem, um sos, ou, por que não, uma substância rara? Uma droga? Um medicamento?

O que poderiam conter esses frascos? Posso me deslocar facilmente ao passado, àqueles dias de guerra em que as deflagrações, as bombas, os ferimentos, as infecções necessitavam do emprego de numerosos tratamentos. Os remédios eram raros. Os hospitais haviam recorrido ao famoso antibiótico que o Dr. Alexander Fleming inventara em 1923, a penicilina. Esse medicamento miraculoso era raro e caro. Transportavam-no como uma mercadoria preciosa em frascos hermeticamente fechados.

O tráfico dos *fioles* não seria um transporte de penicilina destinada às redes da resistência? Teria Izu se envolvido naquilo que os nazistas chamavam "um tráfico", mas que era certamente um ato de resistência? É possível.

Então, como de costume, fico bordando minhas pobres descobertas.

É tarde.

Meu pai sai do Cintra Bar. Ele evitou apertar a mão de Yolanda, a cantora, pois ele sabe ser ela da Gestapo. A *soirée* esteve agradável. Ele até pôde interpretar o trecho de Reynaldo Hahn que ele transcreveu para violino e que Sissi tanto ama, aquele que ele tocou em Barcarés, quando Reynaldo lá chegou como simples soldado.

Le ciel est, par-dessus le toit,
Si bleu, si calme!
Un arbre, par-dessus le toit,
Berce sa palme.
Mon Dieu, mon Dieu, la vie est là
Simple et tranquille.

[O céu está, acima do telhado,
Tão azul, tão calmo!
Uma árvore, abaixo do telhado,
Balança sua palma.
Meu Deus, meu Deus, a vida está aí
Simples e tranquila.]

O público apreciou.

Izu passeia sorvendo o ar fresco da noite, com o estojo do violino debaixo do braço. Ele tem um encontro com seu amigo René Theiler, médico estagiário do hospital de Nice. Ele lhe entregará os frascos e René os fará passar à rede. Os militantes poderão utilizar diretamente o conteúdo desses frascos, o fungo *penicilium notatum,* para os feridos do fronte, ou até mesmo pagar a impressão de documentos falsos, carteiras de identidade, certidões de nascimento, de casamento, vales de alimentação que judeus, membros da Resistência e os *maquis* clandestinos aguardam impacientemente.

Obviamente, não possuo nenhum meio de provar que meu pai Isaac Abramovici e René Theiler se encontravam para trocar esses frascos. Mas não é absurdo supor que os judeus Abramovici e Theiler sejam agentes da mesma rede, ou ao menos que estejam engajados na mesma causa, a da libertação da França.

Nice, rua de Marselha. Sou invisível e assisto ao asqueroso trabalho de Herr Müller, o agente favorito do ss Röthke. Müller não usa uniforme. A braçadeira da cruz suástica envolve seu braço esquerdo como um garrote. Uma pilha de dossiês, em cima da qual trona um salvo-conduto da Sipo SD. Theiler está sentado numa cadeira, as mãos fixadas nas coxas; ele olha o chão sem se mexer. Ele não soltará uma palavra durante todo o interrogatório. Müller fala com ele com uma voz suave e lenta, com uma ponta de crueldade.

– Você é banqueiro?

– ...

– Seus pais, judeus?

– ...

– E os avós?

– ...

– Os quatro?

– ...

– Seu certificado de batismo?

– ...

– Você fez a declaração?

– ...

– E sua mulher? Católica, ela também?

– ...

– O dinheiro que está com você lhe pertence?

– ...

– Os frascos, foi o judeu Abramovici que os deu a você?

– ...

– Você o conhece há quanto tempo?

– ...

– O mercador de madeira, é você? Você tem um depósito? Um esconderijo?

– ...

– O senhor Rémond lhe ajuda?

– ...

– A rede Marcel? Senhor Marcel? Você o conhece?

– ...

– Ele falou, Baldomir, você sabe, então, coloque-se à mesa!

– ...

– Claudius, isso não lhe diz nada?

– ...

– E essa foto aí, você sabe, tenho meu informante.

– ...

– Sim, não?

Müller repõe a foto no dossiê.

Ele não toma notas.

O judeu Theiler é o indivíduo necessário! Ele é do gênero que mergulha nesse tipo de tráfico! É um elo na cadeia Abramovici, com toda a certeza. Ele é seguro de si, Müller, tem orgulho de servir esse exército ganhador.

Em minhas mãos como um talismã, uma página dupla de capa dura, azul marinho. Não é a primeira vez que eu agradeço a Sissi, a arquivista. Timbre fiscal: treze francos. Delegacia de Polícia de Nice. Série CI nº 1692. Carteira de identificação. Sobrenome: Baldomir. Nome: Jean. Nacionalidade: francesa. Profissão: músico. Nascido em 9 de novembro de 1914 em Pitești (Romênia). Domicílio: rua Assalit nº 24, Nice. Descrição física. Altura: 1m 71. Cabelos: castanhos. Bigode: castanho. Olhos: verdes. Sinais particulares: nada. Nariz, costas, forma geral da face, coloração do rosto… Assinatura do titular, Jean Baldomir. Nice, 17 de maio de 1942. Esse homem magro usa um terno com gravata. O rosto é angular, os cabelos engomados, um pequeno bigode mascara uma ausência de sorriso. Não vemos seus olhos. A foto mostra seu perfil direito.

Reconheço-o. Não ouso crer. É meu pai. Ele deve ter vinte e seis anos. Aparenta mais vinte. Você compreendeu, é uma carteira de identidade falsa. Nessa época, não possuía a nacionalidade francesa, não residia no endereço mencionado e nem sequer após sua digital na parte de baixo da falsa carteira de identidade.

Tenho um encontro marcado com Sarah, a filha de Adolfo Kaminsky no Select, bulevar Montparnasse, em Paris. Seu pai fabricou tantos documentos falsos, salvou tantas pessoas durante a Segunda Guerra Mundial! Sua atividade de genial falsário acabou somente em 1971, depois que serviu aos que lutaram pela independência da Argélia, aos desertores da Guerra do Vietnã e de tantas outras causas.

Observando a carta que eu lhe entrego, Sarah tem um sorriso aflito.

– Se seu pai se tivesse servido dela, ele teria sido desmascarado imediatamente.

Frente ao meu olhar surpreso, ela insiste.

– Para as carteiras de identidade, não se tirava fotos de perfil, sempre de frente.

Sarah parece não saber que em 1943 o fotógrafo Détaille recebeu do comissário de polícia dos Alpes Marítimos a ordem de fotografar todos os estrangeiros de frente e de perfil, a fim de permitir ao especialista de questões raciais do Comissariado Geral das Questões Judaicas reconhecer os judeus.

Dirijo-me à Sarah:

– Tenho medo por meu pai. Tenho vontade de preveni-lo.

Hoje em dia, sendo mais velha que meu pai naquela época, comporto-me como uma irmã em relação a seu irmãozinho, como uma mãe preocupada com seu filho. Eu desordeno as gerações, confundo a cronologia. Minha necessidade de revelações me leva a considerar que a folha do tempo é fina e que eu posso atravessá-la sem hesitar. Isso não me desconforta, pelo contrário. E certamente, mais uma vez, quero pegar sua mão e guiá-lo para fora do caminho minado.

Espionar os mínimos movimentos do judeu Abramovici, tal é a missão confiada aos delatores Gustav e Ernst pelo ss Meier, assistente do ss Richter para a área *sud* de Marselha. A despeito de seu nome, Ernst não é alemão, é húngaro. Ele veio diretamente da Legião Estrangeira. Postado atrás de uma árvore, ele não tira os olhos da janela do sexto andar. Meus pais não desconfiam de nada. Certo de não ser visto, ele sobe calmamente a escada. Cola sua orelha na porta. Está atordoado. Um piano, em surdina, e um violino conversam. Risadas, abraços, confusão. Palavras trocadas. Ele não compreende essa língua. Desce rapidamente a escada. Como retirou seus sapatos para ser mais discreto, corre o risco de escorregar diversas vezes.

Gustav prossegue pela rua para espionar esse casal apontado por seu colega Ernst. Uma jovem mulher de braços dados a um homem, que dá a mão a uma garotinha, entram na cafeteria La Grande Allée. Lá eles não param de contemplar os diferentes bolos. Eles ficam boquiabertos perante a especialidade de Nice, as frutas cristalizadas. Como de costume, ao entrarem para comprar somente 350 gramas de pão racionado, o odor da *pâtisserie* é um verdadeiro suplício. Mal podem resistir. Hoje, eles acabam de recuperar mil francos enviados por Anicutza à Sociedade Geral. A gula prevalece. Um bolo com creme para o moço, duas frutas cristalizadas para a jovem, uma torta de maçãs para a menina. Ao sair da loja, estão tão eufóricos que nem percebem o homem de ar negligente que lhes esbarra ao passar.

Gustav aproveita esse instante feliz para tentar se infiltrar em seu pequeno quarto e escarafunchar sua intimidade. Lembra-se das instruções a ele reiteradas por seu instrutor na Gestapo, Müller. Ajoelha-se para verificar se um eventual fio elétrico revela a presença de um alarme, depois tira sua chave falsa, entra no quarto e acende sua lanterna de bolso. Fica desapontado ao não encontrar nada. Gostaria muito de prensar aqueles inconscientes que o provocam com sua pequena felicidade passageira. Saberia fazê-los falar, localizar "a pequena pedra" que poderia conduzir esses judeus a cometer o erro fatal. Isso tem importância. Dessa vez, ele pega o judeu Abramovici, e não o soltará mais.

Essa busca, essa intrusão, lhe proporciona um prazer mórbido. Gustav faz seu relatório. Isso lhe valerá uma promoção. Fim das boates noturnas, as longas horas arrastadas nos cafés, colocando microfones sob as banquetas do restaurante Carlton. Frequentar o Martinez e o Ruhl é bem diferente do que se esconder dia e noite. Anne-Marie, sua mulher, vai poder abandonar a prostituição, e ele poderá oferecer a si mesmo um porta-charutos de prata e ouro com suas iniciais.

Esses Gustav, esses Ernst, eu os encontrei todos nos documentos mofados, eu os vi andar, cuspir, vomitar, arrotar e denunciar. Eu os desentoquei entre os inúmeros documentos que examinei durante dias e noites. Hoje, construo uma realidade, emprestando-a dos outros. Essa invenção não é uma mentira, ela se torna minha verdade.

Essa noite, Sissi está sozinha em Cannes com a pequena Claude. As batatas fumegantes, amassadas com manteiga de nozes, satisfizeram a menina. Essa noite, ela adormeceu sem pedir pelo pai. Após dois anos de espera, Izu obtém enfim a permissão de trabalhar oficialmente. Ei-lo então, por alguns dias, primeiro violino da orquestra Krikava no cassino de Monte Carlo. Ele dormirá, portanto, sozinho em Mônaco, como um celibatário. Ele não se queixa. Sissi sente como que um mal-estar cada vez que seu marido a deixa.

Essa noite, ela precisa se aproximar de sua família, do outro lado, lá em Balcik sobre o Mar Negro. Eles tinham o costume de ir ali passar alguns dias durante o verão para fugir do calor de Bucareste. Ou então a Borsec na Transilvânia onde cada primavera, Sissi acompanhava Anicutza à famosa estação balneária para tratar de seus reumatismos.

Às vezes seus devaneios a levavam a Paris onde eles são proibidos de permanecer.

Para mim, é fácil passar de um lado a outro.

Uma carta de Bucareste é seguida por uma carta de Nice, uma carta da casa familial faz eco a uma carta de Sissi confinada em seu pequeno quarto, ou ainda a uma mensagem desesperada de Izu, responde a angústia de seus sogros, que ele jamais conhecerá. *Estou contente por ter conseguido viver vinte e seis anos, entretanto, constato com "melancolia" não ter conseguido fazer grande coisa. Quanto às perspectivas, não falemos mais delas. Cercados por tão pouco amor nesta nova Europa, não nos resta nada a não ser a esperança de uma glória decadente com alegrias menores e bemolizadas. A coisa mais curiosa é que desejo viver numerosos anos. Eis-me então forçado a esperar um futuro melhor. Bem sei que água não sai de pedras, mas apesar disso estou convencido de que nosso povo maldito vai conseguir fazer fluir água dessas pedras. O youpin, o judeu perseguido pode se tornar mais selvagem do que um animal selvagem.*

Os discursos oficiais dizem que Bucareste foi mais ou menos poupada das grandes carnificinas antissemitas. Antes da mudança, Berthine, minha tia, Mandy, seu marido, Moritz, meu avô, Anicutza, minha avó, Florinel, minha prima, todos moravam no centro do bairro judeu de Bucareste. Eles estavam bem situados para serem os primeiros atingidos pela vaga de violência e de sevícias cometidas pela Guarda de Ferro, no que nós chamamos hoje "O pogrom de Bucareste", durante o qual milhares de judeus foram presos e torturados. Os pais de Sissi aprenderam a se calar. Não falar, não reclamar, comportar-se como "pessoas normais", fundir-se na massa. Salvo uma vez, em 2 de fevereiro de 1941. Nesse dia, uma carta corajosa de Bucareste fala do horror. *Afora as matanças em Calea Dudechsti e Calea Vacaresti, nada absolutamente nos aconteceu, nós fomos preservados dos infortúnios pelo bom Deus. Eles devastaram todas as lojas e botaram fogo em toda parte. Também incendiaram o grande Templo Espanhol, depois queimaram as pequenas barracas judaicas de Calea Rahovei e Calea Mochilor até Obor. Mataram mais de mil judeus. Vocês terão os detalhes, está escrito no jornal Universul se o puderem ler aí. Foram os legionários que cometeram esses atos insanos, mas eles não têm nada de legionários. É a camada mais baixa da humanidade, a borra da sociedade. Eles até fuzilaram pobres soldados e oficiais que apenas cumpriam seu dever de nos proteger. Graças a eles, escapamos dessa carnificina.*

Anicutza acrescentou ao pé da página: *Estávamos todos em perigo, toda a família escapou bem, não nos aconteceu nada. Os que puderam deixar Bucareste o fizeram. Nós permanecemos em pé.* Por muito tempo acreditei que tudo o que se passava na Romênia não me dizia respeito. Hoje em dia, dei marcha a ré. Sou informada por minha prima Cathy, que encontrou as cartas que minha avó havia escrito a seu filho Isaac, sem nunca lhas ter enviado, que, por ordem do Conducator, marechal Ion Antonescu, meus avós paternos, Bercu Salomon e Golda foram deportados para o gueto de Czernowitz, a centena de quilômetros de Piteşti, sua cidade de adoção. Foram forçados a usar a estrela amarela. Sobreviveram nesse gueto em condições degradantes.

Há vários meses, Izu não recebe qualquer notícia de seus pais. Nenhum sinal de vida. O silêncio é total.

Apesar das incitações de Sissi, Izu não escreve mais a seus pais. Ele tem a impressão de que eles se encontram muito longe, que não mais pertencem à vida, que não possuem mais nenhuma ligação com o presente, que ele não os verá mais. Dolorosa intuição.

Em Bucareste, na casa dos Wisner, a vida continua. Moritz não diz à sua filha que não tem mais o direito de exercer sua profissão, que não ousa mais sair à rua, com medo de ser insultado, de ser expulso do bonde ou ser molestado. É melhor que não o vejam, que não falem com ele.

Sissi não lhe confessa que tem fome e frio, que Izu está irritado ou taciturno com frequência, que ela não reconhece mais seu marido, e que ela está muito decepcionada com a vida.

De cada parte, as cartas são cada vez mais anódinas. Todo mundo finge. Mente-se por amor, sorri-se para mascarar a degradação.

Sonho muitas vezes com uma casa muito grande, que possui duas varandas, como a minha. Elas não dão para a cidade, mas para um bosque imenso. De repente, uma árvore do meu terraço levanta-se e flutua no espaço com doçura. Um pombo com a ajuda de outro pássaro se agarra a esta árvore, depois os dois saem voando. A árvore agora penetra na casa. Faço-a recuar. A árvore e os pássaros se afastam no céu. A abóboda celeste está salpicada desses elementos heteróclitos. As árvores perfuram as nuvens.

Súbito, a tempestade explode.

Neste momento, estou em Nice, no hotel Masséna. Por uma das janelas do meu quarto, avisto os neons verdes da casa Vogades que piscam. Uma caixa verde escuro de material que imita couro se destaca em minha cama desfeita. Aliso as cartas douradas, *As Arcadas Vogades, chocolateiro, confeiteiro,* praça Masséna, n. 1, Nice. O brasão multicolorido de Nice circunda a águia coroada. Abro a caixa com lentidão. Levanto delicadamente o fino papel gravado. Contemplo os trinta chocolates, bem arrumados em suas alcovas.

Controlo minha gula, tomo coragem, saio.

Um pouco ansiosa, empurro a porta da chocolateria. Um homem, sexagenário, emerge de trás da loja. Como um autômato, estendo-lhe um velho contrato de trabalho mencionando que meu pai foi contratado como instrumentista e violinista nos Estabelecimentos Cintra Vogades há mais de sessenta anos. Essa velha folha de papel, conservada como uma relíquia por minha mãe, poderia parecer bem ridícula.

No alto, o timbre, as assinaturas, a tinta meio apagada, tudo pode ser considerado como um testemunho de uma história verdadeira que hoje parece extinta.

Pressiono o *chocolatier* com perguntas. Esse estabelecimento existia em 1943? Havia uma orquestra?

Belisco-me para ter certeza de que não estou sonhando quando ele me responde:

– Meu pai é que possuía a loja, restaurante-bar-*pâtisserie*. Na época, ela se chamava Cintra-Vogades. Não vendíamos chocolates como hoje, mas sim confeitos e frutas cristalizadas. Havia um aviário ao fundo, belo de verdade. Uma orquestra cigana tocava todas as tardes. As pessoas marcavam encontros aí para o chá dançante. Então, obviamente, a imagem surgiu: meu pai e seus músicos tocando melodias do folclore cigano. Em meio ao zunzum dos murmúrios dos clientes, misturados ao pipilar dos pássaros em suas gaiolas, Izu está feliz, livre por algumas horas.

Sobre a cama desfeita do meu quarto de hotel, a caixa de couro falso dos Estabelecimentos Vogades permaneceu intacta. Com o risco de uma crise de fígado, esvazio-a inteira de seus chocolates *pralinés,* amargos e cremosos.

Que chova o tempo, que enferruge a eternidade.

As palavras do poeta Benjamin Fondane, também assassinado pelos mesmos que mataram meu pai.

o cântico do passado, as pegadas sobre o tapete…

Suas palavras me obsedam.

Há alguma coisa que me poderia dar a paz?

Eu me havia dado uma missão: fazer ressoar a História, imiscuir-me nos escritórios da Sipo SD, desvendar suas intenções, desnudar o homem pervertido neles, dispor sobre a mesa sua ideologia perniciosa. Não acreditem que abandonei a investigação. Continuo minha peregrinação. As pegadas deixadas pela História não foram todas apagadas, felizmente. Um grande trabalho foi feito na França para reunir, classificar, traduzir esses velhos papéis carcomidos pelo tempo, microfilmar milhares de informações salvas após a debandada das forças nazistas. Contra o esquecimento, é preciso ir rápido. Centro Histórico dos Arquivos Nacionais. É preciso inscrever-se, obter um cartão informatizado, retirar todos os objetos pessoais, colocá-los em um armário, com exceção dos óculos, papel e um lápis que podemos manter conosco. Se não passo o cartão no sentido correto, não entro. Alguns vigilantes de camisas azuis com punhos brancos vistoriam uma sala imensa entre as grandes escrivaninhas iluminadas, impondo um misterioso silêncio. Alguns segredos estariam ali encerrados.

A pesquisa sobre os assassinos de meu pai conduz-me até um certo Knöchen, o ss que assinou a segunda carta da Sipo SD.

– Você tem sorte, diz-me ironicamente um amigo, essa correspondência alemã, enfim nazista, assinada pelo próprio doutor Knöchen! Foi O grande responsável pelo estatuto dos estrangeiros em Paris. Minhas felicitações, não era qualquer um!

O microfilme passa aos solavancos. Para numa imagem. Foto estragada, riscada, na qual pode-se distinguir Knöchen Helmut, ss-*Standartenführer*, coronel da polícia em Paris. Está em seu escritório, a pose é de pé. Nenhum sorriso. Expressão desdenhosa. Seco, cara magra, ingrata. Olhos claros. Nariz reto. Boca um pouco larga. Testa larga de intelectual abaulada, airosa. Cabelos castanhos. É isso, quanto à descrição "racial".

A personagem, nascida em 1910 de pai professor, torna-se aos dezesseis anos Jovem Capacete de Aço. Ele ama o esporte. Extremamente inteligente, instruído e polido, obteve doutorado em filosofia e, em 1937, entra na SD. Tem trinta anos. Ele é logo nomeado para o serviço de arquivo dos estrangeiros. Particularmente metódico e trabalhador, torna-se chefe da Gestapo, o chefe incontestável da seção IVB 4. Suas qualidades excepcionais de organização e decisão lhe valem a direção do *Sonderkommando* que faz sua entrada em Paris em 14 de junho de 1940. Knöchen especializa-se na vigilância dos estrangeiros e, em particular, dos inimigos do nazismo: os judeus. Instala-se no hotel do Louvre, depois no hotel Scribe, depois, ao fim de requisições sucessivas no bulevar Lannes número 57 e, por último, na avenida Foch número 72. Ele será reconhecido como responsável pelo incêndio das duas sinagogas de Paris. Em 28 de janeiro de 1941, numa carta ao comando militar alemão na França, pede a criação de campos de internação para os judeus estrangeiros.

Knöchen afirma especialmente: *o francês é antissemita, e para agir sem chocá-lo com medidas antijudaicas extremas, é necessário primeiro pegar os judeus estrangeiros, liberar em seguida o ataque aos judeus franceses, privando-os progressivamente de sua nacionalidade.*

Foi ele quem iniciou o sistema de comboios. Entre 1942 e 1944, terá participado da criação de quatro campos de concentração. O microfilme conclui seu curso, gira sobre si mesmo, a película bate no vazio. O barulho é ensurdecedor. A tela pisca. Como que hipnotizada, permaneço imóvel. Será que descobri um romance de fotos em que o texto está apagado, será que escutei os heróis de uma história em quadrinhos enclausurados em seus quadros, ou então terei assistido a uma lembrança ainda fumegante das cinzas do inferno? Esquecer o que acabo de ler. Precipito-me até o cadeado com segredo de meu armário. Retiro minha jaqueta, minha bolsa, meus objetos pessoais. Tirar o amargor de minha boca Da máquina automática, faço cair várias barras de chocolate, de bombons, uma bebida bem doce. Andar, andar rápido sem me virar. Com minha vergonha de ser francesa, saio deste grande prédio que transpira a dor.

Agora que o novelo se desenrola, ouso me aproximar desses homens e de sua ideologia perniciosa. E eis que perambulo pelos corredores sombrios e apertados da delegacia do *Montaigne Sainte-Geneviève* em Paris, cujas paredes estão repletas de velhas fotos de policiais "mortos pela pátria". A sala de arquivos. Não se poderia imaginar encontrar uma sala tão pequena que abrigue tantos documentos desmoronando sobre os próprios pesos. É lá que estão reunidos os arquivos das Informações gerais. Miloud recebe-me calorosamente. Eu o interpelo.

– Fui eu quem telefonou ontem. Gostaria de consultar os relatórios dos RG a respeito das atividades dos judeus estrangeiros entre 1943 e 1944. O senhor tem informações sobre as operações da polícia entre a província e Paris?

– Você não terá grande coisa para fisgar, respondeu-me.

A partir de 1943, a Gestapo havia assumido a organização das campanas e execuções. Embora o governo de Vichy e o da Alemanha estivessem em estreita relação para organizar e assegurar as transferências, os deslocamentos, estabelecer todo tipo de listas com o intuito de prender os "indesejáveis". Nos dossiês, cartas insuportáveis, a constatação de uma moral avassaladora. Meus pais, apesar de sua lucidez, eram levados pela esperança de sua juventude. Não podiam imaginar que eram objetos de tamanha agressividade.

Eu deveria abandonar minhas pesquisas, tão repugnante ao outro é esse ódio.

Minha tenacidade é recompensada: encontro a "agulha no palheiro". Em uma carta do intendente da polícia da região de Nice, endereçada ao comissário central da polícia de Nice, a orquestra Krikava, que meu pai dirigia, é apontada com o dedo: *Parece útil sublinhar que, no cassino municipal de Monte Carlo, a orquestra judia Krikava, composta de músicos judeus, tem, nos últimos tempos, com a canção "Si tu vas à Paris", conduzido uma propaganda gaulista.*

Preocupo-me com a letra de "Si tu vas à Paris". Ela é de um certo Charles Trenet. Cantarolo-a para mim mesma.

Si tu vas à Paris
Dis bonjour aux amis
Et dis-leur que mon coeur est toujours fidèle.
Si tu voir mon quartier
Plus beau que l'monde entier...

Se você for a Paris
Diga bom dia aos amigos
E diga-lhes que meu coração é sempre fiel.
Se você vir meu bairro,
Mais belo que o mundo inteiro...

Meu pai gostava tanto de Paris, e Paris lhe era proibida. Para proteger sua jovem família, Izu fechava-se no anonimato. Assim, jamais se engajava em discussão sobre a guerra ou sobre o futuro do país. Entretanto, em seu foro íntimo, sentia o mundo como o lugar de todas as ambiguidades e não podia deixar de se perguntar de que lado estavam os simples cidadãos com os quais cruzava na rua ou as pessoas com quem convivia em seu trabalho. Teriam eles o denunciado sem hesitar?

Surpreendo-me por estar ali, eu também, deambulando sobre as linhas desses arquivos nauseabundos.

Esses homens mudariam de calçada ao me ver? Me fariam talvez descer do ônibus? Teriam me estapeado, empurrado, batido, antes de me entregar ao dedo-duro da esquina.

À s vezes, fico aniquilada por essa história. Por que não esquecer, de uma vez por todas? Por que querer redesenhar as sombras? Por que tentar a todo preço desenterrar os cadáveres sem sepultura? Em definitivo, eu poderia renunciar, admitir que não aprenderia nada de novo. A Sipo SD procurou, então, eu também procuro. O memorial da Shoá tornou-se minha casa. Passo horas e horas no escritório de arquivos que contém uma fototeca de noventa mil imagens, uma biblioteca rica de cinquenta mil referências, numerosos filmes e mais de trinta milhões de dossiês classificados, fichados. Todas essas listas saltam em minha cara como um insulto. *Recenseamento dos judeus. Sanções... Assédios. Profissão proibida aos judeus. Sanções... Mudança de residência dos judeus. Sanções... Permanência e circulação de judeus estrangeiros. Sanções...*

Atolada nos textos mimeografados do Ministério do Interior, risco, sublinho, tento decifrar. Os microfilmes estão muitas vezes incompletos, rasgados, rasurados. Eu havia pedido as classificações precisas. E eis que me vejo perante documentos empoeirados em língua alemã. Concentrada, prendo a respiração, estou sobre o fio da navalha. Ziguezagueio sobre as fotocópias apagadas da seção de entrevista e controle da polícia antijudaica francesa, que inunda a polícia nacional de suas denúncias. O judeu polonês Oxner, senhorita Kohn Fanny, a lavadeira Clara Wolf, Robijanski Ilija, e passo adiante, todos são investigados por suas condutas duvidosas.

Diversos serviços de polícia não são poupados. O inspetor de polícia Auclair é chamado de "o amigo dos judeus", ele os recebe e se encarrega de seus interesses. Transmite--se as suspeitas sobre Silvareno, o chefe do escritório da 4ª divisão da prefeitura dos Alpes Marítimos, que tem o infortúnio de ser *um judeu de origem romena, francês por naturalização.*

Neste apelo oficial à delação, eu poderia encontrar talvez algumas informações sobre "o judeu Isaac Abramovici" e sua família. Parece que, após 1940, meu pai era vigiado por três informantes da S.E.C.

O judeu Isaac Abramovici muda muito.

21 de setembro, casal Abramovici, posta-restante escritório central, Nice, Alpes Marítimos, Nice.

18 de outubro de 1940, casal Abramovici em casa de Sra. Grandy, rue Alberti, 11, Nice (A.M.).

12 de fevereiro de 1941, casal Abramovici, apartamento mobiliado Paris-Londres, rue de Paris, 26, Nice.

25 de abril de 1941, casal Abramovici, apartamento mobiliado Paris-Londres, rue de Paris, 26, Nice.

4 de maio de 1941, Sylvia Abramovici está sozinha em Nice.

O judeu Isaac Abramovici habita a rue du Batéguier, 8, em Cannes. Sylvia Abramovici o encontra em 14 de junho de 1941.

18 de julho de 1942, nascimento de Claude Georgette Abramovici.

O judeu Isaac Abramovici não possui carteira de trabalho, isto não o impede de dirigir uma orquestra cigana nos Estabelecimentos Vogades. Ele oferece ao público clandestino músicas húngaras, polonesas, russas e romenas. Adiciona a elas geralmente a Marcha da Legião Estrangeira, o Califa de Bagdá, o Danúbio Azul. Distingue-se por um solo de violino que retoma a Marselhesa. Propõe frequentemente terminar o espetáculo com jazz.

95

23 de janeiro de 1943, o judeu Isaac Abramovici obtém sua permissão de trabalho do Comissariado Geral das questões judaicas, beneficiando-se do artigo 3 da lei de 2 de junho de 1941.

16 de julho de 1943, o judeu Isaac Abramovici, sua mulher e filha moram na rue Hérold, 20, em Nice.

O judeu Isaac Abramovici parte frequentemente por muitos dias. Ele não leva sua família. Quando retorna, traz em abundância laranjas, manteiga, batatas.

25 de janeiro de 1944, o judeu Abramovici muda-se com sua mulher grávida e sua filha para Beausoleil, avenue de Villars, 11, Mônaco.

O judeu Isaac Abramovici efetuaria operações financeiras com uma agência clandestina mantida por um assim chamado Theiler.

Na realidade, não encontrei nada de novo. Eu também estou determinada a reconstituir o percurso da vida de meus pais, já que minha mãe deixou-me como legado todos os arquivos familiares, contratos de trabalho, atestados, recibos de locação, tíquetes de alimentação, cardernos de notas, cartas.

Sou de fato obrigada a constatar que, à semelhança de todos aqueles judeus que haviam se refugiado na Côte d'Azur, meus pais já eram prisioneiros da rede que iria engoli-los.

Verão de 1942. O coronel e capitão ss Helmut Knöchen, responsável da Sipo SD em Paris, o mesmo que assinou a segunda carta acusadora, decidiu fazer com que os judeus estrangeiros que se escondem na capital desaparecessem. No dia 16 de julho, ele manda prender sete mil judeus, dos quais quatro mil cento e quinze eram crianças. Alguns são trancados no campo de Drancy. Os outros são enviados ao velódromo de inverno no 15º distrito. Eles sobrevivem por 5 dias, sem comida e com somente um pouco de água. Os que tentam fugir são mortos na hora. Uma centena de prisioneiros se suicida.

Luiza, a irmã de Izu, deixou a Romênia há um ano para se casar com Henri, seu noivo mobilizado na França. Nesse dia, sozinha em Paris com seu recém-nascido Alain, Luiza escapa miraculosamente da batida, ela se esconde durante três semanas num apartamento deserto. No início do mês de agosto, ela pega o trem com documentos falsos. Chega a Nice com seu filho. Lá, encontra Henri, seu marido.

Após alguns dias, Izu e Sissi não estão mais sozinhos. Um pedaço da família está reunido.

Observo a foto tirada em Nice nesse verão. Sentada, na praia, minha mãe, a cabeça ligeiramente inclinada para o lado, tem em seus braços minha irmã mais velha, o bebê Claude. Ao seu lado, Luiza, minha tia, elegante em sua blusa bordada, abraça com carinho Alain. Henri está ajoelhado aos pés da mulher. Izu circunda com seus braços a família reunida. Uma anotação no verso indica: *Sissi, Izu e Claude, Luiza, Henri e Alain. Vida normal da família Abramovici-Béhar. Agosto de 1942, zona livre.*

Bucareste, *16 de outubro de 1942, Bucareste, 6 de dezembro de 1942, Bucareste, 20 de abril de 1943, Bucareste, 25 de julho de 1943*, os pais reclamam por novidades dos filhos. As cartas enviadas da França, bem como as que chegam de Bucareste, estão agora riscadas por grandes traços azuis, a tinta dos carimbos baba sobre a escrita. A censura se expõe, impudicamente. Os meses passam e a situação de meus jovens pais não é nada mais animadora. Meu pai reparte sua força de trabalho pelas cidades costeiras para prestações ocasionais de serviço. Minha mãe não esconde sua tristeza ao escrever a Anicutza. *À tarde em Nice e à noite em Cannes, é bastante cansativo. De noite, mal há tempo para comer antes de pegar o trem. O tempo passa sem que a gente se aperceba disso. Não toco mais o piano, mas eu roubo as horas de sono e ainda leio um pouco. Mas em meu estado, o sono é para mim mais precioso do que nunca. Como dizem os franceses, "qui dort, dîne", "quem dorme, janta".*

Por questão de segurança, entre os assuntos de conservação autorizados, "a pequena Claude" ou até mesmo "a prima Florinel", Sissi pode se expandir sobre o tema "comida". *Sim, o que se vai comer amanhã? Limões e laranjas estão raros. Vê-se, de fato, oliveiras, mas nunca se viu nenhuma azeitona... Quanto ao óleo de girassol, ele não chega na região por causa da falta de combustível...* Melhor não falar de política por escrito.

Sim, a vida continua. Mas em setembro de 1943, a situação mudou. Mussolini foi destituído e os italianos fugiram da Costa, deixando os judeus à mercê dos carrascos. Após a rendição da Itália, destacamentos de tropas alemãs motorizadas chegam à região. Os nazistas instalam-se nos hotéis, desfilando no Passeio dos Ingleses. Trem rápido Paris-Vintimille, 15 horas. Por intermédio de altos-falante colocados no interior da estação, a Gestapo proíbe os viajantes de descer. Até esse dia, a polícia alemã jamais efetuara uma operação desse gênero na região, o controle dos viajantes era habitualmente exercido a cada quinze dias pelas polícias francesa e italiana. Hoje, é diferente.

Izu espera. Por hora, ele não é clandestino, ele pode conservar sua identidade verdadeira. A todo momento ele pode mostrar sua carta do sindicato de artistas músicos profissionais, a Federação do Espetáculo.

Uma sentinela sobre a plataforma do outro lado, com o fuzil apontado para o trem. Um oficial alemão de uniforme, dois agentes da Gestapo à paisana, um quarto alemão em traje de aviador, botas de feltro. Inspeção de cada compartimento, controle de carteiras de identidade. Um agente lê em voz alta o nome e consulta uma caderneta, verifica a foto que ele tem na mão. A carteira é examinada por um oficial em uniforme, e por um segundo agente à paisana. Três viajantes são convidados a descer com suas bagagens. As pessoas sobre a plataforma têm permissão para subir. 15h25, o trem expresso 119 é autorizado a partir em direção de Nice.

Izu respira. Desta vez ainda, sua falsa carteira de identidade, enterrada sob o feltro verde de seu violino *para qualquer eventualidade,* não serviu.

O senhor André, agente de ligação e de informações da Gestapo, pediu hoje a Marie-Louise, sua subordinada –, um pouco masculinizada, cabelos louros sujos, cara antipática e enrugada, grandes dentes irregulares, ar suspeito e astuto – para seguir o judeu Abramovici.

Izu, doravante a serviço da Resistência francesa, verifica pela última vez as informações que deve transmitir a seus camaradas: *A Gestapo em Cannes: hotel Gallia, hotel l'Éperon d'or. A Gestapo em Nice, hotel Mont Baron, hotel Riviera Palace. Dia 31 de julho, durante 45 minutos, as tropas boches atravessaram Cannes vindo de Antibes com todo seu material e duas companhias de metralhadores, isto é, 1,5 mil a dois mil homens. Em 16 de agosto, carro Mercedes com placa de general de exército estacionado frente ao hotel de la Paix. Numerosas idas e vindas. Presença de um certo número de oficias. Na noite anterior, às 22 e 23 horas, grande inspeção por homens das tropas alemãs que estacionam na Croisette (boulevard de la Croisette, em Cannes). Verificação completa de suas identidades, pois, segundo certos rumores, haveria entre eles agentes do Inteligence Service, em uniformes de soldados alemães. População indiferente.*

Rápido, andar. Violino apertado debaixo das axilas. Compor uma aparência descontraída. Izu repete incessantemente os conselhos que Flavian lhe deu na noite anterior. *Pense que há sempre alguém atrás de você. Previna as pessoas que não frequentem nenhum estabelecimento de espetáculo às terças e sextas. Elas são suscetíveis de serem vítimas de uma batida de tiras, franceses ou alemães, não se sabe. Não marque nenhum encontro em igrejas, abra os olhos. Se você prestar atenção, impossível ser seguido.*

Izu deve depositar suas notas na casa da senhora Chambon, na Villa Menzoni. Lê-se seu nome no pilar da entrada. "Pensão familiar, alojamento e abrigo". Dois toques na campainha para os habitués. Os clientes são principalmente judeus. Eu não saberia afirmar hoje se foi meu pai que enterrou as folhas no esconderijo. Nenhum testemunho mo indica. No entanto, as multidões de relatos conservados nos Arquivos Nacionais que contam o emprego de tempo de numerosos resistentes anônimos me incitam a supô-lo. Atribuir essa ação corajosa a meu pai não é uma usurpação, não. Isso me permite prestar uma homenagem a todos aqueles que sacrificaram seu tempo e às vezes sua vida para lutar contra o ocupante.

À s vezes, por causa de minhas pesquisas, visto a panóplia de detetive. Certamente, não há capa nem luvas pretas, não trabalho num escritório enfumaçado, mas me utilizo de paciência e tenacidade. Preciso considerar os nazistas como peões de um tabuleiro de xadrez. Tenho que mudar esses peões segundo a ordem de minhas descobertas. Pouco a pouco, as casas do tabuleiro desenham a estratégia dos executores. Não posso esmorecer. Continuo. Consulto os arquivos de novo e de novo. Inclino-me sobre os documentos que Sissi conservou.

Entre os jornais conservados, um pequeno artigo de um jornal local de Nice, recortado com cuidado e enquadrado, chama minha atenção.

Em abril de 1942, meu pai deu um concerto de música de câmara na pequena igreja de Nossa Senhora da Boa Viagem. *Pré-estreia ontem, terça à noite, às 21h00, Vlasti Krikava e seu conjunto. O violinista Jean Auvours interpretou com delicadeza e brio o segundo quarteto de Stan Golestan, borbulhante de ritmos da terra romena e rico de melancolias repentinas que possuem tanto charme lânguido. Lembramos-nos do sucesso que obtiveram esses talentosos intérpretes, há dois meses, em seu primeiro concerto no teatro do cassino municipal.*

Jean Auvours era o pseudônimo musical de meu pai. Se ele tocasse com seu nome verdadeiro, cometeria uma infração à legislação do trabalho em vigor e incorreria dessa forma em graves sanções. Deduzi que, ao tocar nessa igreja, meu pai com certeza obteve algumas relações com essa paróquia.

A acusação menciona um *Marcel* e não um *Isaac*. Procuro nessa direção e me deparo com a *rede Marcel*.

Nice, 1943. Na paróquia de Nossa Senhora da Boa Viagem, onde a missa é realizada por Monsenhor Paul Rémond, contamos algumas pessoas devotas que tentam salvar os judeus ameaçados.

Monsenhor Paul Rémond, arcebispo de Nice, mantém a iniciativa e assume os riscos desde o início. Não hesita em instalar uma rede no local. Esse grupo de resistentes é dirigido por um certo Marcel. Essa informação me intriga. Precipito-me nos documentos dos arquivos conservados por minha mãe. Encontro uma autorização de dispensa de casamento tratando-se de meu pai, judeu, com minha mãe, batizada. Ela tem a assinatura de Monsenhor Paul Rémond. O documento real está em minhas mãos, não é uma fotocópia. *Dispensa de impedimento de Disparidade de Culto. Pela misericórdia divina e graça da Santa Sé apostólica, bispo de Nice, conde de Drap. Tendo em vista a demanda a nós endereçada por Sylvia Wisner, católica da diocese de Nice, paróquia de Nossa Senhora da Boa Viagem. Em vista de autorizar seu casamento perante a Santa Igreja com Isaac Abramovici, israelita, em virtude do cam. 1045, por autoridade apostólica, dispensamos Sylvia Wisner, católica, do impedimento de Disparidade de Culto, que se opõe a seu casamento com Isaac Abramovici. Autorizamos o senhor padre de Nossa Senhora da Boa Viagem ou seu vicário a receber o mútuo consentimento dos supracitados futuros esposos. E declaramos legítimas as crianças que nascerão desta união. Dada em Nice, em 28 de abril de 1942 por Sua Excelência Reverendíssima o bispo de Nice, Paul Rémond.*

Não sou ingênua, sei muito bem que na paróquia de Nossa Senhora da Boa Viagem os certificados de complacência eram moeda corrente.

103

Mas não posso me impedir de pensar que meu pai, casado religiosamente por Monsenhor Rémond e aparecendo de vez em quando na paróquiaNossa Senhora da Boa Viagem, onde dava concertos, frequentou a *rede Marcel.* A Sipo sd, em sua caça burocrática, parece fazer confusão entre um certo Marcel que dirige a Rede Marcel e um Abramovici refugiado em Nice, que seria meu pai. Em resumo, o doutor Marcel Abramovici, não existiria e meu pai, Isaac Abramovici, seria efetivamente a pessoa procurada. Ou o inverso...

Essa noite, acordei de sobressalto. Pela janela, sobre um raio prateado, meu pai me chamava. Ele se pusera a caminho, a pé, para vir me ver. E, durante o caminho, falava-me e eu o escutava em minha casa, em Paris, na minha cama, em plena noite. Em seguida, acordei. Esse sonho me persegue. Liguei o rádio, que tocava a quinta dança húngara de Johannes Brahms.

Tenho em minha mala um pacote de cartas, a correspondência entre meus pais e sua família de Bucareste. Estão escritas em romeno. Ora, eu não falo esse idioma. Essas palavras do tempo da guerra, eu as observo, acaricio, viro, desviro, como peças de um quebra-cabeça que não combinam. Pedaços da França, da Romênia, de outros lugares.

Reunir as migalhas, reconstituir a história de minha família. Para isso, aproximar-se de Florinel, minha prima germânica, e de Victor Ionescu, seu marido. Eles moram em Friburgo, na Suíça.

Florinel tinha apenas quatro anos quando minha mãe refugiou-se em Nice com meu pai. Em 1944, em Bucareste, estavam boquiabertos perante essa menina bonita, gorda, inteligente, talentosa. Meu pai escrevera que gostaria de ter o privilégio de ser seu primeiro cavaleiro quando viesse a paz. Ele jamais a reencontrará.

Estudantes zelosos sob um governo comunista, Florinel e Victor conheceram-se em Bucareste. Victor apaixonou-se por essa bela jovem. Ambos cientistas, foram selecionados pelo governo à época para concluir os estudos na Suíça. Eles aproveitaram para se salvar das garras do comunismo. Em 1968, solicitaram asilo político e se tornaram cidadãos suíços.

Florinel e Victor farão a tradução dessa correspondência. Juntos, levantaremos o véu do não dito e descobriremos os índices que me interessam, a mim, a detetive. Essas cartas provavelmente irão perturbar suas lembranças. Elas revelarão talvez um segredo de família. Espero não os machucar.

Revivendo a tinta das palavras manchadas pelos nazistas, irei possivelmente respigar alguns detalhes suplementares acerca da juventude de meus pais.

O trem deixa Lausanne para trás. As videiras de Grandvaux, as florestas escuras e espessas de Puidoux. O TGV fecha seus viajantes em uma bolha. Nenhum som exterior chega ao compartimento vazio. Um silêncio abafado. Túnel. Velocidade diminuída em Vauderens. GMT + 02h00, altitude 813 metros, Friburgo. Desço com minha pequena mala, meu computador, o rum e a cana de açúcar de Guadalupe, os quais tenho o costume de oferecer a meus primos.

Victor. Vejo-o de longe na plataforma. Seus cabelos brancos cor de neve, seu sorriso zombeteiro, sua barriga ressaltada, o cigarro nos lábios. Florinel me acolhe de braços abertos, toda vestida de azul. O carro desliza nas vias limpas de Friburgo. Sinto-me como em um trenó, descubro o interior, os campos de milho, as casinhas decoradas, os pomares privados, as flores. Chegamos à pequena cidade de Marly.

A casa é bem aquecida, o pátio exala manjericão. A cozinha americana e suas duas pias, suas mil gavetas me impressionam. A chaminé central ronrona. As paredes acústicas de Victor reinam majestosamente na sala. Muito calor, queijo suíço, bolo de chocolate.

Meu computador está posto sobre a mesa. Victor começa a ler as palavras na tela. A cortina levanta-se docemente sobre a peça de teatro que foi encenada alguns anos antes.

Bucareste, 6 de janeiro de 1940. Minha avó Anicutza está preocupada com sua filha. *Minha querida, recebi suas cartas de 26 de dezembro que me causaram enorme prazer. Eu devo relê-las de três a quatro vezes, depois tranquilizo-me por quatro dias. Depois, fico novamente preocupada até a chegada de uma outra carta.*

Cannes, fevereiro de 1940. Queridos pais, fui informar- -me sobre a maneira como vocês poderiam nos enviar dinheiro a partir da Romênia. Sem resultado. Conto, portanto, com vocês. Se ao menos pudéssemos saber como vocês estão, se vocês têm mais ou menos aquilo de que precisam, como antes. Eu lhes peço que me escrevam com o maior número de detalhes possível, eventualmente com tinta vermelha...

Com tinta vermelha? Qual é a importância de uma tinta vermelha nesses tempos incertos? Tentei por todos os meios entender essa informação e continuo na mais total ignorância. Minha curiosidade me envia à internet. Uma história judaica dos anos 1930, que se passa na antiga União Soviética chama minha atenção.

Jacob-Iliá Vassílievtch é um engenheiro judeu das Obras Públicas. Um belo dia, as autoridades o transferem para uma cidade da Sibéria para participar da criação de um gigantesco complexo industrial. Jacob está ansioso por essa transferência.

Ele diz à sua mulher Rebecca:

– Você ficará aqui. Não há necessidade de mudar. Escreverei a você todas as semanas, isso é tudo.

– Mas, e a censura? – pergunta-lhe Rebecca.

– Bem, nós iremos usar um estratagema. Quando eu te escrever qualquer coisa com tinta azul, isso quer dizer que é verdade, e você poderá crer em tudo que ler. Por outro lado, tudo que eu escrever com tinha vermelha será falso.

Um mês depois, Rebecca recebe a primeira carta da Sibéria, proveniente de seu marido Jacob. Toda ela está escrita com tinta azul.

Bom dia, minha querida. A vida aqui é formidável, o local que vamos realizar é grandioso, o Estado nos forneceu alojamentos de função dignos de um rei. Nossas refeições no restaurante coletivo são verdadeiros banquetes. Verdadeiramente, não me arrependo dessa transferência! Uma coisa falta, no entanto, e cruelmente, nesse quadro idílico: impossível se achar tinta vermelha na cidade.

Acho que os censores também conhecem essa piada. Não sou ingênua, e Sissi também não era. Era preciso encontrar alguma coisa para ler as entrelinhas. Os grandes traços azuis, os carimbos, os números cabalísticos da censura, nada poderia interromper as trocas. Tudo era conveniente para se falar, dizer o que se tinha no coração.

Victor continua a traduzir. Nesse instante, Florinel, minha prima, exilou-se na cozinha. Às vezes, ela se aproxima, curiosa. Gostaria muito de levantar o véu do passado, sentir mais uma vez o eco de sua infância. Bebê adulado, depois menina arteira, ela não percebia a tristeza de sua mãe nem a inquietude de seus avós. Florinel talvez tenha medo de que isso deslustre a lembrança dessa felicidade perdida, então faz uma obstrução: as batedeiras, os robôs, a cafeteira desembestam. Victor se enerva, a interpela em romeno: *Asculta asta, ei vorbesc mereu despretine, tu esti vedeta!: Escute aqui, eles só falam de você, você é a estrela. As folhas da videira, você as fará mais tarde!*

Gosto de escutar o ritmo, as sonoridades eslavas e latinas dessa língua que eu não conheço. Sua música me é paradoxalmente familiar. Encontro, enfim, um lugar nessa família que eu não conheci.

Nice, 15 de agosto de 1940. Meu pai escreve à sua sogra. *As guerras fabricam os heróis e sobretudo os homens cansados e perturbados. Faço parte da segunda categoria. No entanto, não posso reclamar, já que estou são e salvo, tendo Sissi a meu lado. Se eu leio nas entrelinhas, compreendo que vocês levam uma vida de cachorro, é triste, muito triste. Meus queridos, desejo-lhes muita sorte e paciência, com todo meu amor, Izu.* 10 de novembro de 1941. O terremoto de Bucareste foi um verdadeiro massacre. Quanto a isso, Berthine, a irmã mais velha de Sissi, não evita ironizar dirigindo-se aos censores que irão espionar suas poucas palavras. *Quando o bom Deus dá, ele dá a todos, à larga. Durante essa mortandade, tivemos muito medo. Por sorte, nada nos aconteceu. Há muitas vítimas, mas não sabemos ainda o número exato. Porém, tive uma enorme satisfação, esse terremoto não escolheu suas vítimas entre a multidão, não fez política, não abriu a braguilha dos homens para determinar sua origem étnica. Perante a natureza, somos todos idênticos e igualmente impotentes. Eu dou risada do que Izu fala de mim. Certamente, minha faca é afiada, e quando quero dizer alguma coisa, eu o digo francamente. Em casa, tivemos buracos no teto, lá fora, tudo desabou. A consequência de tudo isso foi imediata: os culpados, são os ciclistas, e eles pagarão por tudo isso.*

Não compreendo a alusão de Berthine. Que relação pode haver entre ciclistas e terremoto? Victor refresca-me a memória.

– É uma alusão à piada dos cabeleireiros, sopra-me ele sorrindo.

Continuo sem entender. Gentilmente, ele me conta a famosa piada dos cabeleireiros e dos judeus.

"É o jovem Samuel que vai encontrar seu patrão.

– Não posso mais trabalhar com você. Todos os seus empregados são antissemitas!

– O quê? O que você está dizendo? Que há um ou outro, tudo bem, mas não todos!

– Pois eu lhe digo que são todos antissemitas! Além do mais, eu fiz um teste, fiz a eles a mesma pergunta e todos deram a mesma resposta. São todos antissemitas, estou dizendo!

– Que pergunta é essa?

– Perguntei-lhes o que pensavam se fossem exterminados todos os judeus e todos os cabeleireiros...

– Por que os cabeleireiros?

– Bem, viu só, você também!"

Caímos na risada, evidentemente.

Dia e noite, nos revezamos nas traduções. Graças a Victor, as precisões, os subentendidos de uns, as alusões de outros que eu reúno, abro as portas, escuto os murmúrios, espio as conversas daquele tempo. Durante esses dias, em Marly, tenho a impressão de vestir um mantô quente e sedoso, de me reapropriar de uma vida que me foi confiscada. Torno-me romena. Não sou mais relegada ao terreno vago de minhas origens indeterminadas. Compreendo-me um pouco melhor.

O bolo de queijo sai do forno. O computador é fechado, as cartas colocadas na poltrona, a mesa é posta. Florinel, a grande coordenadora da refeição, nos serve pratos deliciosos: sopa de beterraba, *mititeï* (bolas de carne picada), uma mescla de salada, enrolado de chocolate, tudo feito em casa. Victor repete diversas vezes.

Para Florinel e Victor, a sesta vai apaziguar a emoção desse retorno vertiginoso ao passado. É preciso que eu me evada um pouco, que eu vá passear através dos campos. Chego ao teleférico que conduz da cidade alta até a baixa. Dou uma volta pela cidade. O museu de Tinguely e suas máquinas de morte e de renascimento me conduzem à mecânica da História. O café do Belvedere na beira superior do Sarine me dá vertigem. O tempo flutua, como que suspenso.

O país dos monstros com a cruz gamada. Agora preciso enfrentar uma outra viagem, a Alemanha. Tenho o sentimento de que esta terra, sempre se empesteia com essa loucura assassina, onde "os malucos por Hitler" descreviam o judeu como um homem à parte, um homem repulsivo como são os ratos. Os nazistas e todos os antissemitas da terra desenvolvem um ódio pelo outro, e sobretudo por esse outro que com ele se parece. Esse sentimento inconfessável conduziu a essa demência criminosa. Foi desse medo incontrolável que milhares de homens, entre eles meu pai, foram vitimados. Agora, meu único objetivo é fazer transpirar os arquivos do passado. Quero descobrir o lugar onde se escondem aqueles que se acreditam autorizados a decidir a morte de meu pai.

Me recordo. Muitas vezes tentei me desfazer desse rancor que me tolhe.

Minha primeira tentativa foi há cerca de vinte anos. Enfrentei meus entraves e atravessei o Ruhr. Tinha resistido àquele inferno de usinas espantosas e fumaças negras. No entanto, ao parar numa pequena cidade no limite norte da região, em Recklinghausen, não consegui permanecer indene. Não pude resistir a olhar com desconfiança e acusar em silêncio toda pessoa com quem cruzava e que parecia, pensava então, ter prazer em viver no país dos assassinos de meu pai. Sentia-me insultada pelos neons violentos, a música vienense, a decoração açucarada, as colunatas de estuque branco. Meus passos me haviam conduzido ao museu local que propunha uma retrospectiva da última guerra. Fotos, artigos, registros sonoros de propagandas, canções militares, ruído de botas, gritos alemães, apitos de trens e bombardeios.

Sabe, a comunidade judaica não era tão mal vista aqui, pelo contrário. Foi aqui que os judeus permaneceram mais tempo, ousara afirmar o guia. Alguns anos mais tarde, tive uma recidiva. Acompanhada de uma amiga, rodamos a noite toda em direção ao norte. Na alvorada, pisávamos o imenso gramado berlinense onde se impunha, tal como uma joia embalada, a antiga assembleia do Reich, embalada por Christo. Oito mil metros de corda azulada emalhavam o edifício. Brindamos alegremente com champagne, ao lado de jovens alemães. Senti naquele dia que minhas reticiências começavam a se relaxar um pouco. Essa breve parada foi o rascunho de uma certa forma de reconciliação interior.

Hoje em dia seria um milagre se encontrasse novos arquivos nos quais o nome de meu pai fosse mencionado. Munida de um pedido de utilização formalmente preenchido, fiz uma primeira parada no serviço da *Bundesarchiv*. Atraída por improváveis revelações, mergulho nos relatórios empoeirados. Fuço, pesquiso, insisto. Nunca se sabe. *IVB 4.* Foi com essa identificação que meu pai foi perseguido, preso e assassinado.

Como uma autômata, tomo notas, fotocopio, sublinho. Transcrevo numerosas análises que descubro.

O serviço IVB 4 foi encarregado da luta contra atividades antialemãs da judiaria internacional. A criação de um mundo novo, limpo da presença física de judeus, exigia a intervenção constante da polícia alemã, animada pelo espírito da SS. Em cada região sob seu domínio instalava-se uma Sipo SD, emanação da RSHA (Escritório Central da Segurança do Reich). Esses comandos recebiam suas ordens diretamente de Eichmann, em

Berlim. A seção IV procedia a prisões, interrogatórios e buscas. Seu objetivo se intitulava Solução Final da Questão Judaica. Sua sede estava na rua Príncipe Albrecht, número 8. Eis aí o antro dos criminosos, ali onde todas as decisões contra meu pai foram tomadas.

Vou lá.

Me aproximo do imenso prédio para olhá-lo de frente e de perfil. Tiro uma foto, comparo-a com outra velha fotografia do arquivo "cota CDI 150, sede do serviço IVB 4 da Sipo SD e do RSHA, em Berlim, Alemanha, 1939-1945". Plantas variadas, um vasto estacionamento abandonado, árvores magrelas, nuas, um poste de luz mesquinho em meio a esse "no man's land", essa terra sem homens. Uma paliçada de ferro ao redor do edifício, na forma de ferradura, hangares no piso térreo. Uma luz esbranquiçada se agarra à asa direita do prédio. Portas blindadas no primeiro piso. Três andares. Cortinas brancas no segundo andar, venezianas fechadas no último. Perco-me nos detalhes como se fosse membro de algum serviço secreto e fosse assistir a revelações importantes.

Me debruço sobre os ombros de homens pregados em seus escritórios, que classificam, ficham, localizam, marcam com seus lápis as cartas a serem censuradas, as denúncias, as informações roubadas. Eles acusam. Preparam o assassinato.

Suponho que esses agentes sejam bons pais de família. Sem dúvida, voltam para casa à noite, dão bombons a seus filhos louros. Rezam antes da refeição e, depois, refestalados, fazem amor com suas mulheres, impunemente. Logo adormecem, pensando no judeu de nariz adunco que, acreditam, não é como eles.

O primeiro documento acusador da Sipo SD endereçado ao ss-*Oberstumbaf* Eichmann menciona um segundo endereço: Kurfürstenstrasse, 116. Lá se encontravam os escritórios da Agência Central da Segurança do Estado.

Fui até lá.

Hoje, o imóvel foi restaurado. Afasto o inconsciente até subir os andares, bater às portas, descer ao subsolo. Eis-me entre os fantasmas. Era ali, na cantina do imóvel, que os chefes de serviço se reuniam para almoçar, talvez divisando as formas de execução mais adequadas para liquidar rapidamente o máximo de judeus.

À noite, em meu quarto de hotel, não me sinto bem. Sou tomada pela náusea. Vomito no lavabo. Durmo mal. Aliás, não durmo. Ainda que o mundo inteiro tenha reconhecido a abjeção do nazismo, que outras barbaridades se tenham manifestado, eu desejaria poder esquecer.

Perdoar, talvez seja para uma outra vida...

Meu pai obteve o seu visto de trabalho em 1943. Depois, multiplicou os contratos. Atualmente, está empregado nos estabelecimentos *Les Allés*, em Nice. Sob sua direção, a orquestra executa "O Bolero" de Ravel. Izu está bastante satisfeito porque, com apenas dois ensaios, ele não pode certamente abordar todas as nuanças, mas as linhas principais são respeitadas. Como o público pede bis, solicita aos músicos que executem o "Danúbio Azul" à maneira cigana. Sissi espera um acontecimento feliz: gêmeas, ou *dois pequenos anjos*, como Izu gosta de dizer. Aí está a jovem estudante transformada em mãe chocadeira, contra a vontade. No entanto, disse ao seu marido que se sentia muito jovem para ser mãe. Antes de constituir sua família, queria ter uma vida de casal. *Depois da guerra, veremos*, dissera-lhe. Nós, as gêmeas, somos esperadas para o mês de maio de 1944.

Três anos de fome e de vergonha, essa é a constatação de vida, ou melhor, de sobrevivência de meus pais. E neste quarto ano de guerra que se anuncia, nada pode verdadeiramente suavizar seus dias, salvo alguns concertos para Izu, algumas cartas de Sissi para seus pais, às vezes ler o *Timpul*, ou escutar o rádio com seus amigos Lola e Flavian.

Não são ingênuos, bem sabem que o ódio os espera. Mas, sem dúvida, ignoram até que ponto são considerados indivíduos suspeitos, não apenas pelos nazistas, mas igualmente pelos responsáveis franceses da manutenção da ordem.

Foram feitos contatos entre os chefes da polícia alemã e da polícia da região. Trata-se de utilizar diretamente as informações da polícia alemã para permitir a prisão pelos serviços policiais franceses de indivíduos visados, sobretudo judeus.

Sissi e Izu, porém, acreditam que a inteligência, o humor e o trabalho são contravenenos. Por enquanto, eles passam pelas malhas da rede. Mas até quando?

Izu pressente o perigo. Avisa seu amigo Flavian. "Cuidado, seu nome e endereço de Paris estão em mãos de um coronel alemão que mora no hotel Negresco, aqui em Nice". Os dias correm e nada acontece. Flavian continua sua atividade clandestina sem outras preocupações além das necessárias.

Alguns dias mais tarde, quando sai de uma reunião no hotel de Paris, tem subitamente a impressão de estar sendo seguido. Para bruscamente numa esquina e faz meia-volta. Ninguém. Retorna para o hotel Atlantic, onde mora, e dorme profundamente.

Batidas violentas na porta o acordam. Levanta-se e olha pela janela: o sol desponta, são cinco ou seis horas da manhã.

– Quem está aí?

– Telegrama.

Ensonado, abre a porta. Sete indivíduos armados se precipitam sobre ele. Flavian se debate, cai. Rapidamente lhe passam as algemas.

Depois de alguns dias, Flavian não traz mais o jornal *Timpul* para Izu. Não lhes convida mais a tomar chá. Flavian os deixou. É tudo.

Sissi já não duvida de mais nada. Izu também não.

Com frequência, quando descubro os sofrimentos que meus pais suportaram, minhas noites se enchem de sonhos ruins. Duas horas da madrugada. Uma casa ao longe, no final de um caminho campestre. Subitamente, o fogo escapa das janelas, queima as portas e as torna rubras. Nuvens negras invadem o céu. Abro caminho entre os móveis que se esboroam. Uma das quatro pernas de uma mesa de carvalho maciço é devorada pelas chamas. Olho o espetáculo e estou espantosamente calma.

Não procuro explicar o pesadelo.

Para conduzir minha investigação, tentei de tudo, segui as trilhas mais absurdas, mais aleatórias. Claro, colhi nesses caminhos de travessia outros elementos além daqueles que eu procurava, mas o objetivo que eu me fixara parece se afastar de cada um dos meus passos. No entanto, sou persistente. Leio: *31 de dezembro de 1943. Os judeus implicados no caso de Bucareste foram presos e transferidos ao tribunal de correção.* O anexo de polícia do serviço IVB 4 da legação alemã em Bucareste, Richter, irá talvez abrir-me uma nova pista.

Eu que, quando mais jovem, sentia-me incapacitada de visitar minha família na Romênia, ali voltei ainda uma vez, trêmula e incerta.

Peço a Dimitri Hincu, o conservador do Centro de Estudos Sobre a História dos Judeus de Bucareste, para ajudar-me a descobrir os nomes daqueles que foram presos, transferidos ao Tribunal de Correção e julgados culpados de serem cúmplices de meu pai, o "grande traficante" Isaac Abramovici. Dimitri olha para mim tristemente sacudindo a cabeça. *Pune mana pe minutele? Pôr as mãos sobre as minutas do processo decorrido sobre o caso de seu pai? Achar aqueles que foram punidos? É como procurar uma agulha em um palheiro!*

Seguindo seus conselhos, vou consultar os periódicos da época, *Timpul, Universul, Romania Libera.* Sem resultado.

Pressiono-o para que me conte sobre a Romênia antes do horror. Antes de tudo, ele me apresenta os livros de arte dos quais se orgulha. As caricaturas do bairro judeu de Bucareste, em 1930, com suas pessoas tranquilas a pé ou de bicicleta nas ruas. Mostra-me fotos em preto e branco de Calea Văcăreşti, sua sinagoga e seus judeus com quipá, me faz passear pela Strada Cernişoara, Strada Iuliu Barasch. Com ele penetro no Teatrul Evreiesc, o teatro judeu, *Um Violinista no Telhado*. Depois continuo o passeio em Strada Dudeşti, Strada Vodă. Passo na frente da Sinagoga Ajutorul e admiro as fachadas das lojas, Farmacia, Cafétarie, Gaz, Benzine, Radio, Bijuterri, Ceasornicaire... Olho uma retrospectiva da pintura romana dos anos de 1930: Viorel Husi, Henri Daniel, Margareta Steriam. Aprecio os folclores e os plágios. Extasio-me frente às plantas de Marcel Iancu, o grande arquiteto, amigo dos surrealistas. Insisto. Então, Dimitri conta-me sobre a vida da comunidade judaica segundo Antonescu: a arregimentação de jovens judeus requisitados aos dezessete anos para o trabalho forçado, as deportações para o norte e para o leste. Iaşi, Kichinev, Rascani...

Penso em meus avós paternos, Golda e Slomo, relegados ao gueto de Tchernovtsi.

Dimitri retira lentamente de seus envelopes amarelados velhas fotos riscadas, lascadas: hordas de judeus em farrapos, em fileiras, forçados diante de suas barracas sumárias. Imagens intoleráveis de massacres, de judeus com os braços para o alto, apavorados. Ele me obriga a olhar essas vítimas desumanizadas, colocadas contra os muros, prontas para serem fuziladas. Transnistrie, Spikov, Bersad, Mostovoï...

Ainda penso em meus avós.

Não suportei as fotos dos horrores perpetrados pelos legionários na floresta de Jilava, esses judeus estripados, desfigurados, espoliados, seus cadáveres expostos, seus dentes arrancados, suas faces talhadas a golpes de faca para retirar os brincos, os anéis ou as alianças.

Quem, pois, teve tamanho sangue frio para disparar sua máquina fotográfica?

Nesse início do ano de 1944, a repressão é selvagem e sangrenta nas ruas de Nice. As equipes da Gestapo da Seção IVB 4, informadas pelos policiais franceses e pela milícia, investigam, pesquisam, prendem e torturam a toda hora, dia e noite. Os guardiões da paz enviam aqueles que prenderam para as mãos da Gestapo. Eles recebem 500 francos por judeu entregue.

Sissi e Izu devem fugir, e eles fogem. Eles saem do pequeno apartamento para se refugiar em Beausoleil, a dois passos do Principado de Mônaco. Mais uma vez, foi preciso reunir apressadamente somente o necessário, abandonar as magras reservas, deixar a casa. Vasculho minuciosamente, não encontro nenhuma carta enviada aos pais em Bucareste, nada na caderneta íntima de Sissi, nenhuma informação acerca dos detalhes de sua fuga. Partiram juntos ou separadamente? A pequena Claude protegida pelo Seguro Popular juntou-se a eles mais tarde? Como Sissi, grávida, pôde enganar os numerosos controles? O silêncio que circunda esses instantes trágicos não dá nenhuma trégua à piedade que sinto por meus pais corajosos.

Após dois meses de silêncio, uma carta de Sissi chega, enfim, a Bucareste. Meus pais estão agora instalados em Beausoleil, Principado de Mônaco, a alguns quilômetros de Nice. Nessa decoração de opereta para ricos, Sissi parece feliz, feliz por conhecer Monte Carlo. A cidade é bela e elegante. Beausoleil estende de alguma forma o território francês. Uma rua apenas separa as duas zonas. Sissi não está à vontade. Sobretudo não se perder nas ruelas dessas duas pequenas cidades siamesas. *Todas essas escadas, é certamente pitoresco, mas não fácil com a pequena Claude, que corre por todos os lados, e essa gravidez que a fatiga.* E também seria necesário novamente aprender a distinguir os verdadeiros e falsos amigos, encontrar alguém para trocar os tíquetes de álcool do aquecedor por manteiga, desconfiar. Meu pai engajou-se no cassino de Monte Carlo com sua orquestra Krikava. Lá ele toca com prazer Gershwin, Liszt, Johann Strauss e Offenbach. Espera receber alguns dias de cachê por uma emissão da Rádio Monte Carlo. Claro, ele ignora que os sócios comanditários dessa rádio são igualmente nazistas, o que aprendo hoje.

Como todo mundo, meus pais esperam pelo fim do pesadelo. *Dizem que os anos de juventude contam o dobro,* proclama Sissi para elevar o moral. Como poderiam eles queixar-se? A pequena Claude dança, ajuda sua mãe na limpeza, bate o diapasão. E ademais, eles estão juntos. No fundo de sua cama aconchegante, Sissi intercepta algumas novidades do fronte. Os ingleses e os americanos desembarcaram em Anzio, na Itália. A paz virá logo.

Sissi fecha os olhos e sorri. Se Gustav, Ernst, Otto ou Marie-Louise, os espiões da família Abramovici, tivessem o dom da ubiquidade, poderiam ver neve em Bucareste, e, ao mesmo tempo, escutar a Segunda Rapsódia espanhola de Liszt que Sissi ouve em sua cama, encolhida debaixo do cobertor. Ela daria qualquer coisa para tocar essa rapsódia em seu piano, na sua casa, em Bucareste, para sua irmã Berthine, sua mãe Anicutza, seu pai Moritz, seu primo Edgar, sua tia Roza e seus amigos, Mirel, Sam, Fanny, Steffi, Cella, Frida.

Sissi relê uma última vez a carta destinada a seus pais. Suas faces flutuam em frente de seus olhos perdidos. Nesse momento, ela não pode suspeitar que trinta anos decorrerão antes que ela possa pisar o solo de seu país e rever sua família.

Nessa noite de primavera, deixêmo-la preparar o envelope. Ela cola os mais belos selos para a coleção. É a efígie de Pétain, tanto pior. Ela preferiria uma paisagem dos Vosges, ou mesmo a praça da Ópera. É diante da fachada da Ópera que ela encontrou aquele que se tornaria meu pai. Ela havia comprado para si um casaco novo, casaco que foi obrigada a deixar em seu pequeno quarto da Porte d'Orléans, quando precisou passar a linha de demarcação. Nesse instante, ela sequer enfia seu pulôver. Desce rapidamente a escada sem parar. No térreo, Alfred, o zelador, um copo de conhaque na mão, a observa furtivamente. Um cumprimento mecânico e ele bate sua porta de vidro, fazendo barulho.

Um pouco mais longe, a caixa do correio. Sissi hesita em lacrar o envelope. Ela esqueceu de dizer algo, de deixar um beijo na parte de trás do envelope, de desenhar um círculo e de escrever *dor de tine*, "sinto sua falta". Verifica o endereço, lentamente: senhor Wisner, rua Carol n. 27. Caixa postal 2446, extra postal 943, prédio V, Bucareste, Romênia. A boca escancarada do receptáculo a solicita. Ela põe a carta na fenda e assegura-se de que a carta preciosa caiu no interior. Acaricia o metal azul, sonhadora. Depois, sem se virar, sobe de quatro em quatro as escadas do imóvel. A pequena Claude dorme de punhos fechados. Sissi se enfia sob as cobertas. Espera que Anicutza lhe responda com os selos de Codreanu para enriquecer a coleção que iniciou em Paris. O selo de Antonescu não seria de todo mal, mas sua preferência é por aqueles que ilustram os moinhos de vento da Bessarábia, ou mesmo o Monte Apuseni. Ela gostaria tanto que tudo fosse como antes. Como antes, isso queria dizer que a guerra vai acabar, que os nazistas irão partir, que a França não será mais dividida em dois e que ela poderá retomar seus estudos e viver com seu marido em Paris.

A realidade é completamente diferente, já que a Sipo não deixou de investigá-los e de persegui-los. Günther é quem está lá e espia no canto da rua. Ele espera que a noite caia. Antes da última coleta das 19h00, ele tirará, com um fio de ferro curvo, a carta da caixa azul. Chegando no sótão, que lhe serve de escritório, irá descolar o envelope no vapor e copiará todo o texto. Pelo mesmo procedimento, vai dobrar a carta de volta e colará o envelope. Rapidamente, jogará o objeto profanado na mesma caixa. Satisfeito, poderá talvez beber um copo no Bertolotti, rua de l' Abbaye, n. 10. Antes de ficar muito bêbado, voltará à sua casa em mau estado. Vai se olhar no espelho da sala de banho.

– Os judeus não têm nada o que fazer em nosso país. E as honras, ele as terá. Poderá pendurar em seu casaco todas as condecorações. Todos poderão assim reconhecer o fiel servidor que foi. Não terá mais vergonha de sua sala de escritório.

– É preciso ganhar a vida, não?

Eichmann estima, no que tange à liquidação do problema judeu, que a França está muito atrasada em relação aos outros países da Europa. Em agosto, ele envia para lá seu braço direito, o coronel ss Aloïs Brünner, que se encarrega de acelerar o ritmo das deportações. Brünner não está contente. Depois que saiu da direção do campo de Drancy para a Côte D'Azur, nada funciona. Reclama a seu patrão e amigo Eichmann da morosidade do comando SD.

— Esses dedos-duros, um bando de ladrões, inúteis, até mesmo esse Oscar Reich, o chefe da polícia antijudaica, não faz seu trabalho. Contratou fisionomistas, isso não serve para nada, eles são astutos esses porcos judeus! E esse débil mental do Knöchen, não é sequer capaz de sancioná-los! Ele abraça o vento, contenta-se em consultar os arquivos! E o que faz a SEC? Um bando de idiotas! Cento e cinquenta judeus escondidos como ratos, não é nada difícil expulsá-los! Com cem gramas de pão por dia, eles não poderão aguentar por muito tempo! Depois de quinze dias, nenhuma partida para o Leste! O que eles estão esperando para capturar esse Abramovici, esse miserável!

Eu não era nascida e, no entanto, me vejo perante Aloïs Brünner.

Furiosamente, puxa seus cabelos morenos e encaracolados.

Fala aos borbotões. Bate os pés, dá socos, pontapés em todos aqueles que se encontram a seu alcance. Ninguém reage.

Suas mãos de luvas brancas batem na parede.

– Eu, Brünner, limpei Salônica em alguns dias. Eu vou me empenhar nisso também. De noite. De dia. Em tudo. Não importa onde. Sem autorização. Sem ordens de comissários, se for preciso. Vou erradicar esses parasitas! De repente, Brünner contém-se, não baba mais, torna-se glacial.

– Quem ele pensa que é, esse judeu? Pensa talvez engambelar a polícia de Mônaco, mas a mim, certamente não! Mesmo que ele se esconda na montanha, irei fisgá-lo, vou pegá-lo. Eu tenho de fazer isso! Brünner enxuga raivosamente suas mãos em um lenço branco.

Beausoleil ao meio-dia, hora em que cada um se acoberta atrás de suas persianas fechadas. O céu é de um azul intenso, imaculado. Estou em pé, abrigada sob uma portão para carros. Filmo, o lugar, o nada, o vazio. Minha câmera pousa sobre as lajes brancas das calçadas onde estão desenhados sóis estilizados, sorrisos de crianças gravados a perder de vista. Esses sóis são o emblema dessa cidade rica e tranquila.

Em 1944, esse luxo devia ser insuportável para meus pais e para todos aqueles que viviam na pobreza e no medo. Hoje estou lá, com essa impressão persistente de ter a Gestapo atrás de mim. Como se eu quisesse desaparecer, ponho-me contra o muro.

A rampa de ferro forjado não é de grande apoio para Sissi que carrega dificilmente os gêmeos que vai colocar no mundo. As ruelas rosas, bordadas de palmeiras e mimosas, são uma provação. Subir. Descer. Subir tantas escadas deformadas. Sob a luz branca e implacável que a esgota, senta-se num degrau para respirar um pouco. Da cidade alta, situada em área livre, ela pode admirar Monte Carlo, os múltiplos telhados coloridos, a grua ocre que perfura o mar ao longe, a linha de demarcação interior. Ela bem sabe que Izu se aventura em riscos e perigos quando se junta aos seus colegas músicos no cassino. Mal descansada, Sissi levanta-se, toma pelas mãos a pequena Claude. Ela segue roçando nos muros à sombra das *villas* elegantes: villa Aurent, villa Vera, villa Carina. Vigas de madeira, paredes de pontas triangulares, varandas em ferro forjado, terra de Siena. É preciso descer, descer seguindo os labirintos de granito rosa. Por fim, ela percebe as duas pilastras do pequeno imóvel amarelo: *villa Flore*. É ali. Os postigos à moda espanhola, a roupa que seca nas janelas, os portais de madeira, os degraus de mármore, os corrimãos envernizados com pomos brancos e escamados. Subir, custe o que custar, até o segundo andar, empurrar a porta e sentar-se, quase sem fôlego. Dar de beber à pequena Claude. Sissi permanece imóvel por muito tempo. Ela pensa nos sogros de Luiza, Marie e Mayer, que vieram encontrá-los na zona livre de Nice. Há alguns meses, foram denunciados e presos. Não se sabe o que lhes aconteceu. Luiza e seu marido Henri fugiram com Alain para se esconder na região de Nérac. A família está separada, Sissi e Izu agora estão sozinhos.

Sim, Sissi tem um mau pressentimento. No entanto, no quarto mobiliado que ocupam na avenida de Villaine, em Beausoleil, depois de alguns meses, meus pais gozam de um relativo conforto. Graças à água corrente, Sissi pode dar banho na pequena Claude, esquentando água num pequeno rechô. A filha tem seu cantinho arrumado carinhosamente. Puderam até mesmo alugar um piano que domina a sala. Depois de terem dormido tantas noites em colchões improvisados, Sissi e Izu têm enfim uma cama de verdade. Izu tem trabalho, o dinheiro não falta e os bebês vão chegar dentro de dois meses. Ainda assim, Sissi se sentiria mais segura no campo, *é mais tranquilo, o ar é bom, a comida mais barata*. Ela decide e escreve a François Rebillat, seu amigo de Morlac.

Quando meu pai ficara retido depois da derrota francesa na cidadezinha de François, eles se tornaram amigos e François se lembra daqueles tempos. Haviam trocado seus violinos e tocado vários vezes na igreja. A jovem que os acompanhava no harmônio era Sissi.

Comovido pela carta, logo responde: *Sua carta chegou-me esta manhã. Tenho a dizer que ela nos causa prazer e dor. Tinha o pressentimento...* Logo ele vasculha toda Morlac. Propõem-lhe um teto na casa da merceeira, que vive apenas com sua filha. O alojamento que ele consegue não entusiasma Sissi: *no primeiro andar, um quarto grande com vista para a praça pública, em frente à porta da igreja e ao monumento aos mortos. Por enquanto, uma lâmpada de petróleo substitui a lâmpada elétrica. A cozinha poderia ser feita com lenha ou com a brasa da padaria da cidade. Não há aquecimento, salvo as emanações de calor que sobem do apartamento da merceeira. Nenhum armário e para guardar as coisas existe um celeiro contíguo. Não são fornecidas roupas de cama e de mesa. O pátio e o jardim não são permitidos aos locatários.* Aluguel de trezentos francos por mês.

François gostaria tanto de tirá-los desse mau passo que multiplica seus esforços para convencê-los a vir: *Há israelitas refugiados no Chatelet e uma família idem em Saint Roch. Não vejo nada que possam temer das autoridades municipais. Elas são completamente indiferentes a tudo isso. Espero que os pequenos inconvenientes que sinalizo não os façam desistir. Inconvenientes mais sérios poderiam ser esperados em outros lugares.*

Sissi teve algumas notícias de Luiza e de sua família, todos refugiados em Poudenas, no Lot-et-Garonne. Moram numa casa de madeira. Sua vida é rústica, difícil. Henri, que é médico, se tornou lenhador. A coisa degringolou! Daí que fugir de novo para essa cidadezinha tediosa e isolada que lhe propõe o senhor François, esconderem-se como miseráveis, de jeito nenhum. Quantas vezes tiveram que mudar desde que foram constrangidos a abandonar seu pequeno castelo parisiense do bulevar Jourdan? Conforme os recibos de alugéis que minha mãe conservou, faço a listagem e são de mais vinte endereços em menos de três anos: Septfonds, Morlac, Bourges, mobiliado em Nice, estação climática de Cannes, quarto em Nice, Bateguier em Nice, G. Blondiau em Cannes, rua Hérold em Nice, villa Flore em Beausoleil e muitos outros. Izu se encontrava provavelmente sem trabalho. Como poderiam pagar o aluguel, a comida? Não têm qualquer poupança. Além do mais, as restrições alimentícias, mais importantes do que na zona sul, os obrigariam a se contentar com batatas e alguns legumes cultivados num canto. Acabariam as carnes, a manteiga, os queijos, indispensáveis à pequena Claude e sua mãe.

Sissi tenta assegurar-se, dando crédito às informações oficiosas. Por agora, Beausoleil é um lugar seguro, não se fala de evacuação. Os que têm trabalho e podem alimentar suas famílias devem esperar.

Meus pais estão de acordo em recusar a proposta do amigo que tentou de tudo para atraí-los a esse hipotético refúgio de paz. Como de costume, fazem de conta que estão otimistas. Vão conseguir, sim. Desta vez não deixarão sua casa.

No entanto, a advertência de François era clara: *Inconvenientes mais sérios poderiam ser esperados em outros lugares.*

O que eu teria feito em seu lugar? Não posso acusá-los de imprudência, ao contrário, admiro a coragem de ambos.

Os informantes distribuídos na zona sul pensam ter encontrado *um Isaac Abramovici que teria nascido em 9 de novembro de 1914 em Pitești na Romênia.* Eles informam o serviço IVB 4 da delegação romena em Bucareste. Em minhas mãos, uma foto amarelecida pelo tempo. Em fila cerrada, um grupo de jovens sorridentes fazem pose numa praia ensolarada, à beira do mar Negro, em Constanza. Reparo num jovem que, com evidência, se distingue do lote. Sua aparência geral é esbelta, seu corpo é flexível e alto. Munida de minha lupa, observo com atenção, me detenho numa mecha de seus cabelos desgrenhados. Mecha que varre sua fronte e surpreendo seu olhar que me vê. Com certeza, trata-se de meu pai Isaac. Ali está, tão carnal. Seu ar relaxado, jovial e atraente não permite que seu destino seja pressagiado. Ele não imagina que seus anos estejam contados, e que num pequeno prazo de dez anos terá desaparecido desta terra. Sua vida lhe será arrancada, e de maneira a mais horrível.

Meu único desejo: aspirar o ar que meu pai respirava e sentir sob meus pés a terra exsudante de sua juventude.

Por um mês de agosto canicular, o trem azul celeste freia sobre os trilhos enferrujados e invadidos pelo mato da estação de Pitești. As cortinas marrons dos vagões acariciam as janelas sujas e semiabertas. É perigoso se debruçar para fora. Um jovem de short branco e sem camisa desnuda com seu olhar as mulheres que andam sobre a plataforma rebolando em seus vestidos estampados com flores. Algumas sacolas plásticas cheias de pimentões vermelhos, de carne moída, de cascaval bamboleiam sobre suas ancas. Na plataforma abarrotada de gente, um velho camponês, de cabeça baixa, cabeceia sonolento, debaixo de um chapéu de feltro preto. Algumas crianças atravessam os trilhos, saltando alegremente. O chefe da estação transpira, camisa aberta. Parece atropelado por essa multidão que se agita. Pitești é tão provinciana! Um ônibus velho me leva até a prefeitura. Sua fachada, repintada recentemente, seu lampadário de pacotilha, seu jardim salpicado de pobres flores, seus jatos de água que não funcionam, tudo isso me desperta um sentimento ambíguo de piedade e tristeza. Parece-me que Izu teria outras ambições para sua cidade natal. Empurro a porta do "Serviciu de Stare Civila Informatii". É meio-dia. Só me resta o tempo de fazer abrir o registro de nascimentos. Sem nenhuma expressão, o empregado aponta seu dedo para o objeto de minha pesquisa: sim, é isso mesmo: *1914, Isaac Abramovici, primeiro filho, nascido em 9 de novembro de 1914 às onze horas e trinta. Pai: Bercu Salomon Abramovici, 23 anos.*

Como se fosse para proteger todos os papéis de qualquer deterioração, perda, furto ou fogo, minha mãe havia conservado uma fotocópia da certidão de nascimento de meu pai em sua famosa caixa de ferro azul. Muitas vezes a sopesei, a olhei e depois a abri para ler e reler. Estar dessa vez confrontada com a declaração original da prefeitura de Pitești me transporta para um dia do outono de 1914. Estou ao lado de meu avô quando ele mergulha sua pena no tinteiro e escuto o aço ranger sobre o papel. Sua assinatura dança como chama diante de meus olhos assombrados.

Com um calor sufocante, prossigo minha visita aos traços do que já foi. Sentada diante de uma escrivaninha velha e acanhada, sob um vitral colorido que representa

133

o *Magen David*, a estrela judaica de seis pontas, espero a responsável pela sinagoga de Piteşti. As paredes desbotadas estão cobertas por velhas fotografias que relatam os incríveis horrores cometidos em Transnístria, em 1939, contra os judeus. Madame Arrieta Iscovici interrompe minhas fantasias. Esta mulher sem idade, o ar um pouco apagado, veste um pulôver de mangas compridas sobre uma saia plissada de cor cinzenta, seus cabelos estão metidos em um chapéu de feltro que parece nunca tirar. Ela se apresenta como a responsável do lugar, sendo sua única preocupação a de preservar a velha sinagoga contra o esquecimento.

Ela se lembra dos velhos bons tempos quando a comunidade judaica de Piteşti podia se orgulhar de ter mil e trezentas almas e três rabinos reconhecidos como oficiantes do Culto pelas autoridades. Na sexta à noite, as três sinagogas estavam sempre lotadas. Agora, a canção não é a mesma. Arrieta Iscovici organiza o ofício do Schabat, sem rabino, para alguns fiéis que ali ainda permanecem.

Hoje, ela deixa eclodir sua alegria. Num francês impecável e com estilo, convida-me para visitar cada recanto da sinagoga. Circulamos com devoção na *Beit Knesset*, a sala das preces, atravessamos a fileira de bancos de madeira já desgastados pelo tempo. Os gueridons que serviam para depositar os Sidurim, os livros de reza, se encontram sinistramente vazios. No fundo da nave, na parte central, a *tevá*, a mesa recoberta com uma toalha de veludo vermelho, bordada com uma estrela dourada. Duas cadeiras de madeira esculpida montam guarda de cada lado da Hupá, o pálio nupcial, escondido atrás de uma tenda vermelha. Sobre um gueridom recoberto de veludo, com borras de vinho, estão depositados objetos de prece: candelabros, a *Bíblia*, a quipá branca bordada, o Talith, o xale das preces, que se reconhece por seus *tsitsits*, as longas franjas.

– Se os *tsitsits* estiverem entrelaçados no dia do Schabat, você não pode desembaçá-los. É proibido. É um trabalho. E ninguém deverá trabalhar no dia do Schabat. Trabalhar nesse dia é proibido. Ela faz uma meia-volta. Lança seus braços ao ar.

– Você vê o balcão? Era lá que as damas faziam suas preces. Os homens ficavam embaixo.

Ela não pode saber que toda essa religiosidade jamais atraiu a atenção de Sissi nem a de Izu. Ao contrário, a rejeitavam. Diante de mim, sua única interlocutora, Arrieta renasce. Está comovida pelo raro testemunho de vida que preenche esse lugar vazio, costumeiramente silencioso, perturbado pelo interesse que pareço trazer-lhe.

Ela me precede numa pequena peça que serve de biblioteca e me convida a sentar-me diante de si e atrás de uma velha mesa empoeirada, sobre a qual está depositada, com evidência, o famoso cofre de ferro branco e azul *Keren KaYmet Leisrael*, doações para a criação do Estado de Israel. Ela abre com toda a precaução um álbum sobre o qual está gravado em relevo a estrela judaica. Sobre a capa, lê-se: *Societatea Sacrã de Înmormântare*, Sociedade Sagrada de Inumação, registro de sepulturas. Espero encontrar aí informações mais precisas sobre os mortos de minha família. Arrieta vira as páginas como se levantasse as asas de uma borboleta. Em vão. Então abre um segundo livro, o *Registru Naşterilor Enoriaşilor*, o registro dos nascimentos da comunidade, 1910-1915. Gostaria tanto de descobrir ali a declaração do rabino que oficiava o nascimento de meu pai.

Sob meu olhar ansioso, datas, nomes e prenomes familiares desfilam: *Arronovici Haïm, Grinberg Avram, Schulder Jancu...* Depois aparecem o nome e o prenome de meu pai, a data precisa de seu nascimento. Se com frequência tive que emprestar certos detalhes e recorrer à minha

135

imaginação, nesse instante sou recompensada por minhas pesquisas: meu pai fez parte da comunidade judaica de Piteşti. A inscrição em tinta negra na velha folha de registro da comunidade judaica de Piteşti atesta que não nasci do vazio ou do nada, como sempre me ressenti. Apego-me a essa revelação que me reconforta por um tempo.

No entanto, na velha sinagoga de Piteşti, no mesmo instante em que recebo este presente, tenho a sensação de uma perda pavorosa. Uma dor imensa toma conta de mim. Pois devo de fato confessar que sempre tive o sentimento de que meu pai jamais existira. Jamais ter sido concebida era confortável. Isso me evitava ser torturada pela ausência, pela falta. Por vezes afirmava que ele não fora assassinado num campo de turfa e que vivia em algum lugar do mundo. Perdera a memória e não nos procurava. Se hoje aceito os traços escritos de sua memória, de seu pertencimento a uma comunidade, então será preciso que aceite a sua morte. Tive razão de voltar-me para trás?

Ando de um lado para o outro de meu terraço. A Torre Eiffel, incrustada ao fundo de nuvens cinzentas, cintila como uma dançarina enlouquecida. Minha mão sobre a grade retira a poeira acumulada durante o dia. Uma esponja sobre a mesa do jardim para apagar o medo. Andar, escrutar, *going round in circles, girovagare*, dar voltas.

Para rechaçar o pesadelo que se anuncia, novamente salto para trás no tempo. Subo de quatro em quatro as escadas da Alta Beausoleil. Arraso os muros, procuro tornar-me transparente, em vão. Sinto-me perseguida como um rato, tenho a Gestapo na minha cola. ELES já vieram uma vez, meus pais não estavam. ELES vão voltar. Quero estar lá antes deles. Chegada ao terceiro andar da villa Flore, bato na porta. Estou cansada de ter medo. Rápido, é preciso que Sissi vá acordar a pequena. Ela reunirá as laranjas, as batatas, e apesar de seu ventre ela o fará depressa. Ela não pode esquecer os tíquetes de alimentação. Izu pegará a caixa azul em que estão guardados os documentos oficiais, seu violino, seu caderno de música. Para não despertar os vizinhos, eles fecharão a porta sem fazer barulho. Devo contrariar o destino, devo impedir a História de se concretizar. Vou gritar e não lhes ocorrerá nada de mal.

Não me escutam.

Socos batidos na porta. Três indivíduos armados com metralhadoras se lançam sobre a maçaneta, que resiste. Sob suas luvas de couro, uma sineta de porcelana bate um sol maior. ELES sabem que ele está lá. Meu pai enfia uma jaqueta, dá nó rapidamente em seus sapatos, e lentamente desliza a tranca. Perante sua esposa e a pequena Claude, mudas de medo, Izu é capturado como uma besta perigosa. É empurrado brutalmente pela escada. Cavalgada ensurdecedora. Injunções bárbaras dilaceram o silêncio matinal. Os sapatos de Izu batem no ladrilhado dos degraus. Sua mão direita range sobre a rampa brilhante. *Tomara que não descubram as armas sob a escada, lá embaixo, no térreo,* pensa ele. O batente da porta do imóvel se fecha lentamente. Com um gesto satisfeito, os homens abotoam vivamente os cintos de seus casacos impermeáveis de couro. Jogam Izu num Peugeot cinco portas, registrado 126 NH 06. O carro faz cantar os pneus no asfalto e desaparece. Com sua missão cumprida, Alfred, o zelador, vai poder festejar. Ele tranca a porta de vidro de sua sala com duas voltas. Seu anel brilha sobre a crossa de marfim de sua bengala, cujo ferro raspa os pavimentos molhados. Claudicando, chega ao bar do Hotel de Paris.

– Um conhaque, por favor.

No dia seguinte, o chefe do Serviço de Informações Gerais do comissariado principal informa: *Na manhã de ontem, dois policiais franceses e um coronel da Gestapo adentraram na Avenida de Villars, n. 11, Villa Flore, com uma ordem de missão alemã. Tenho a honra de informá-los que Isaac Abramovici, de confissão israelita, foi preso sob denúncia e conduzido ao hotel Excelsior. Relato que sua esposa, Sylvia, nascida Wisner, assim como sua filha, Claude Georgette Abramovici, não foram presas. Anexados os documentos em quatro vias a respeito do chamado Abramovici.*

Sobre o registro dos relatórios cotidianos da polícia francesa de Beausoleil, pode-se ler: *19 de abril de 1944. Roubos de coelhos, mantimentos, batatas, cereais. Nada mais a declarar.*

Nessa manhã, minha irmã mais velha viu tudo. Ela repete: *meu querido papai foi preso pelos home' maus...* Por dias e dias, ela escovou o feltro da poltrona de seu papai e colocou seu prato sobre a mesa, *pra quando meu papai voltar...* Ela ainda fez tilintar o diapasão sobre a borda do piano como seu pai a havia ensinado, e cantou o *lá* alto como o fazia com as risadas de seus pais. Muitas vezes ela pegou o "violino de papai" em seus pequenos braços e o tocou, "como papai". Depois, um dia, ela deixou de pronunciar a frase sobre os senhores malvados, guardou o diapasão, ignorou o violino de papai e não colocou mais seus talheres na mesa.

Minha mãe nunca pôde me contar sobre esse dia, esse 19 de abril de 1944. Se ela o tivesse feito, teria se desintegrado como um castelo de areia, não sobreviveria. E eu não fiz nenhuma pergunta, ou muito poucas. Quebrei esse silêncio por tanto tempo contido. As provas, os testemunhos me permitem esboçar como um desenho rasgado a vida de meus pais.

Embora Sissi tenha conservado cartas, notas íntimas, certificados e fotos, continuo ávida. É sempre muito pouco, jamais fico satisfeita. Seria preciso que o tempo se desarticulasse, que o hoje se confundisse com o ontem, e que eu estivesse próxima de meus jovens pais enquanto eles estivessem juntos. Sonho muito, com uma infinidade de detalhes, em cores, com sons precisos, e às vezes odores. Acordo feliz ou infeliz, isso depende. Noto sempre quem veio ao meu sono, como se o teimoso ritual pudesse encetar um diálogo com esse pai fantasmagórico.

Quando a Gestapo veio prendê-lo, Izu não teve tempo de meter em seus bolsos as folhas de seu "Caet per muzica", seu caderno de música. Minha mãe certamente conservou como uma relíquia as partituras de seu querido esposo. As notas escritas a mão correm pelas pautas: mi, fa, mi, ré, do, ré, do, mi...

Uma vez mais, meu devaneio transporta-me ao café chique de Cannes, *Les Allées*, e o ouço pedir a seus músicos ciganos para tocar trechos do folclore de seu país que ele mesmo compôs. O violino que rasga o tempo, a suave flauta de Pã e a gravidade do címbalo misturam-se e despertam em mim a melancolia, a amargura, a decepção, a *Dor*, a nostalgia, o amor. "Te iubesc", eu te amo. Com sua música, passeio por sua cidade natal, vejo passar as carruagens puxadas por cavalos cujos sinos tilitam diante dos floristas ou dos vendedores ambulantes. Em Bucareste, Izu me convida para um último entardecer, depois desaparece ao nascer do sol. "Am adormit in Zori plängänd". Ficando sozinha, adormeço chorando e sonho.

Esses encontros não podem me fazer esquecer que eu não pude nem poderia jamais modificar o destino trágico de meu pai. No momento em que escrevo essas linhas, não sonho mais. A sombria realidade ergue-se perante meus olhos úmidos.

E u *lhe peço que proceda à prisão do judeu Abramovici – assim como a dos membros de sua família – e transferi-los ao campo judeu de Drancy.*

O penúltimo documento assinado pelo ss *Obersturmführer* Röthke, comandante da Sipo e do sd serviço ivb 4, em Marselha, confirmado e assinado pelo próprio *Obersturmführer* Brünner, não deixa nenhum equívoco: o judeu Isaac Abramovici e sua família estão à sua mercê. Nesse 19 de abril de 1944, minha mãe e minha irmã não foram presas. Segundo sua lógica, eles deveriam embarcá--las. Deixaram-nas. Eu estava no ventre de minha mãe. Minha vinda ao mundo e a de minha irmã gêmea estava prevista para o fim de maio. Será que escutei os homens baterem à porta? Na empreitada criminosa nazista, as experiências com gêmeos eram praticadas abertamente. Contaram-me que o *Hauptsturmführer* Joseph Mengele mandava pôr os gêmeos em "blocos" à parte. Ele os examinava, media, inoculava vírus e venenos e os sacrificava para dissecar seus cadáveres. Como imaginar qual seria nossa sorte, minha e de minha irmã gêmea, se eles prendessem a família inteira?

Em uma noite de insônia, caí por acaso num documentário histórico transmitido na televisão. Um arquivo, borrado, muitas vezes pálido, tremia na tela.

Uma menina pequena nos braços de um médico nazista. A garotinha está nua. Ele a levanta pelos braços, torce seu pescoço e os rins. A garotinha está nua. Ela chora e grita. Não há som. O médico nazista sorri. A menina é levantada pelo braço, o pescoço torcido, os rins com ruptura. A menina nua chora. Ela grita. Nenhum som emana de sua boca. O médico sorri. E assim as macabras imagens se repetem. A menina nos braços do médico nazista. A menina está nua. Ele a levanta pelos braços. Os rins. O pescoço. Nua. Chorar. Gritar. O nazista sorri...

A lua está cheia. Suores, abafamentos. Abafamentos, suores. Em minha cama, eu me viro, me desviro, reviro.

Meu pai, esse assim chamado grande traficante, está agora nas mãos da Gestapo, preso no Hotel Excelsior. De 1943 a 1944, na rua Durante, n. 19, em Nice, o hotel Excelsior foi o quartel-general do ss Alois Brünner. Vinte e um mil e cento e quarenta e dois judeus lá foram presos e toturados.

Avisado sobre a prisão do judeu Isaac Abramovici, o ss Röthke reage prontamente. Ordena ao comandante da Sipo sd, do serviço ivb 4, em Marselha, para o interrogar sobre o endereço de Theiler, bem como sobre suas origens étnicas. Vão cozinhá-lo, fazê-lo confessar. Mas o quê? Que Isaac e Marcel são a mesma pessoa? Que ele praticou tráfico de divisas para o mercado negro? Ele vai entregar Theiler, o comerciante de madeira, sem hesitar? Vai lhes revelar que é resistente da causa judaica, dos comunistas, dos maçons?

Não tenho o direito de usar subterfúgios.

Hoje o antigo hotel-prisão se converteu em estabelecimento de luxo, uma localização ideal em pleno coração de Nice. Fachada restaurada, neons azul fluorescentes, candelabros dourados. Esse lugar de tortura tornou-se um lugar paradisíaco.

– O jardim privado, banhado de plantas, fará você esquecer que se está em pleno centro! Um salão está igualmente à disposição para seu relaxamento.

A escada recoberta por um tapete vermelho, a rampa lustrosa e brilhante, os apliques que mal iluminam os corredores de tapetes de tecidos carmesim, esses detalhes deveriam me agradar se essas paredes não estivessem impregnadas de tantas lembranças abjetas. Imperturbável, a mulher que me acolhe continua sua arenga comercial. Parece que escuto uma propaganda gravada.

– Os quartos são decorados com cuidado e se beneficiam de equipamentos de alta qualidade. Todos diferentes, nossos quartos irão seduzir você.

E, com um ar malicioso, ela acrescenta:

– Talvez você não acredite em mim, eu mesma dormi nele.

Aproximo-me das janelas com cortinas brancas. Posso perceber os telhados e os terraços da cidade e, ao longe, a estação de Nice, a mesma estação de onde partiam os trens para Drancy.

Em 1944, interroga-se, faz-se falar. Os sentinelas receberam a ordem de atirar de longe naqueles que se pendurassem na janela. Estou lá próxima de meu pai, novamente invisível. Depois de muitas horas, Izu espera. Ele é vigiado de perto. Está calmo, estranhamente calmo. Não percebe o que lhe acontece. Finalmente, um rapaz jovem, loiro, de olhar fechado, senta-se atrás de uma mesa, cercado de cinco homens dentre os quais ele reconhece os dois policiais franceses que o prenderam. Os demais são médicos judeus que Brünner mais tarde deixou como encarregados no serviço em Drancy: os doutores Druckerle, Speigel e Cohn. Com um francês impecável, o homem loiro começa seu interrogatório: nome, sobrenome, idade, filho de, etc. Depois o tom se faz brutal.

– Fale então.

– Falar de quê?

– De sua atividade.

– Minha atividade é conhecida.

– Repito: fale de sua atividade.

– Sou violinista.

– Fale-me do dinheiro que você recebe.

– Vem de meus pais.

– E Theiler?

– Não o conheço.

Nesse momento, o homem loiro bate na cara de meu pai.

– Moret, ou RHX 827 como queira.

– Não compreendo.

Um soco é dado no nariz de Izu. Depois, docemente, o jovem loiro:

– Fale, fale, querido Baldomir.

– Eu não me chamo Baldomir.

– Bom. Fale-me de Claudius...

Izu se cala. De repente, os socos chovem em todas as partes, em seu abdômen, seu rosto. Estóico, Izu cerra os olhos e contrai a mandíbula.

– Não se faça de idiota. Sabemos tudo. Você vai ver o que é a Gestapo. Eu sou um alemão como se diz, você terá a ocasião de me conhecer.

Um dos policiais o agarra e joga contra a parede.

– Se você se mover, te mato. Você conhece Ancutza Abramovici?

– Não, minha sogra chama-se Anicutza Wisner, é o seu nome. O dinheiro é para comer. Pão, leite para a pequena. Manteiga para a mulher, ela está grávida.

Furioso, o homem loiro sai fechando a porta.

Durante duas horas, o nariz colado na parede, Izu não pensa mais. De repente, a porta se abre. Um outro alemão entra e anuncia-lhe o resultado da perseguição efetuada em sua casa.

O relatório de 24 de abril, enviado pelo comandante ss Röthke de Paris a Berlim, e ratificado pelo ss Brünner, em Nice, não dá margem a equívoco: *Durante seu interrogatório, nossos serviços constataram que Isaac Abramovici recebeu subsídios provenientes da Romênia por intermédio de um banco. Ademais, ele reconheceu que o nome Anicutza é o de sua sogra. Nossas pesquisas indicam que Isaac Abramovici e Marcel Abramovici são pessoas idênticas.*

Na verdade, eles não sabiam de nada.

Marcel Abramovici talvez exista, mas não foi achado.

Um outro judeu o substitui. É meu pai.

Outra noite sem sono. É para mim insuportável pensar no cansaço de meu pai após essa noite de interrogatórios. No entanto, não é nada comparado às humilhações que teve que suportar. O exame no corpo, seus sapatos confiscados, seus óculos pisoteados, seu cinto brutalmente desamarrado, sua calça retida por suas mãos machucadas depois arrancada, seu judaísmo posto a nu.

Será que ele suportou esses tormentos com vergonha? Mas entre executores e vítimas, quem deveria ter vergonha?

O céu está acima do telhado, tão azul, tão calmo!

Tão calmo, tão azul... Por toda a noite, ele murmurou o poema de Verlaine. Por toda a noite, ele andou em círculos no subsolo do hotel Excelsior.

O sino, no céu que vemos, suavemente badala...

Um pássaro, o sino, suavemente tilinta...

A música permaneceu nele e nada lhe poderá tirar. Levado pela escansão, ele inventa alguns versos para sua querida esposa. Ela vai escutá-lo, com certeza.

Tua imagem está em meu coração, tão pura, tão delicada, e guardo em meu coração o tesouro divino...

Ele muda de ideia.

Não, isso não, e ele retoma:

E eu guardo em meu coração essa imagem divina.

Mesmo que sempre soubesse que estava em *sursis*, meu pai não quer acreditar no inelutável. Ele tem confiança. Eles vão escapar de tudo isso, ele, Sissi, Claude, os bebês.

Enclausurado no subterrâneo do hotel Excelsior, Izu consegue, não se sabe como, entregar uma mensagem a Sissi. *Minha querida esposa. Me envie numa pequena valise: três camisas (resistentes), duas cuecas, três lenços, dois pares de meias, o barbeador (com lâminas e sabão) e duas toalhas, a escova de dentes (creme dental), fio de costura e agulhas. E é tudo. Estou bem e o moral está excelente. Penso em você, em Claude e nas duas anjinhas que virão. Tenho plena confiança em você e na vida. Você e Claude, beijo-as nos olhos. Contenha-se! Coragem, calma, e paciência. Beijo sua alma. Izu.* No dia seguinte, Sissi chega em frente ao local da Gestapo onde seu marido está preso. Izu assusta-se ao ver sua esposa com a pequena.

Há alguns meses, quando Izu se encontrava mobilizado em Auvours ou Barcarès, a única satisfação que Sissi tinha era de enviar-lhe os pacotes que o reconfortavam: cordas de violino, mel, cigarrilhas Voltigeurs, ovos cozidos e outras coisas. Ela vivia somente para melhorar o cotidiano de seu marido. Hoje, é diferente. Quando o policial lhe dá a permissão de entregar a seu marido a valise na qual se encontram algumas roupas, uma escova de dentes, fio e agulha... ela não deve mostrar sua dor, seu pavor ou sua fraqueza, do contrário ELES vão ganhar. Ela tem somente o direito de lhe transmitir em silêncio sua força e sua coragem.

Seus olhares se cruzam por muito tempo em um adeus mudo. Sissi vira as costas, passa pela porta. Izu a vê distanciar-se.

Ela está tão sozinha de repente.

No final das contas, de que são culpados? De serem judeus, e de quererem viver. Somente viver.

Ela põe a mão sobre seu grande ventre, e com a outra aperta a da pequena Claude. Ela não chora.

Quando vi pela primeira vez a escrita delicada de meu pai, não fiquei somente tocada com o tamanho das letras, com sua angulosidade, com seu espaçamento, com a altura dos traçados, mas fiquei sobretudo impressionada pela energia que emanava desses traços ainda fixos. As letras dançam perante meus olhos. A tinta escapava em volutas, livres das presilhas das linhas. Acariciar a página. Meu pai estava ali perto de mim.

Sobre o relatório enviado a seu amigo Eichmann, o liquidante Aloïs Brünner pegara, ele também, a caneta: *Não sabemos se o judeu preso é bom. De toda maneira, ele será evacuado para o Leste no dia 15 de maio de 1944, como previsto.* Ao encontrar esses documentos nos Arquivos do Memorial, não ousei aproximar meus dedos dessa tinta negra. Por que Brünner copiou com suas próprias mãos o que já fora mencionado pelo burocrata do serviço? Ele sabia pertinentemente que tudo já estava planejado de antemão para Isaac: ele seria conduzido para Drancy, ele desapareceria em alguma parte nos países bálticos. Era essa a alegria que nele existia ou o sentimento do dever cumprido? O ódio? O medo de si? De repente, tive vergonha de me interessar pelas motivações dessa personagem. Sem nenhuma dúvida, esse homem não possuía outra ideia na cabeça: "Arrebentar o judeu."

A última mensagem de Izu para sua mulher era um último gesto de esperança, de amor. Um apelo à vida.

Não me esqueço da noite que acabo de passar em um desses quartos cujos muros ainda testemunham o horror do passado. O sol da manhã projeta através das persianas fechadas suas marcas horizontais nos lençóis e na parede. Sentada sobre a cama, sou cativada por esses raios de luz. Meu espírito relaxa e meus dedos imitam as sombras chinesas de minha infância: o pato, o homem com pressa, o lobo. Delicadamente, empurro as oito folhas da persiana e descubro as fachadas ocres dos imóveis em frente. Se me debruço um pouco mais, posso perceber o frontão da estação de Nice e nela detalhar as vigas de madeira e os vitrais.

A estação de Nice é um prédio majestoso, de estilo arquitetônico neoclássico, inspirada nos prédios públicos de Paris. O magnífico vitral suportado por impressionantes estruturas metálicas lhe confere um cunho pitoresco. A cúpula do hall é ricamente decorada... A leitura desse folheto turístico poderia me interessar se eu não o associasse ao barulho do trem no qual meu pai foi levado para o campo de Drancy.

Sobre essa notícia, nenhuma menção da placa de mármore selada na entrada da plataforma de número 3. Algumas palavras flutuam debaixo de minha visão baralhada: *1942... 544 judeus... Alpes Marítimos... Mônaco... Paradas... Ordem do governo... Reagrupados... levados à estação central de Nice... Drancy... zona ocupada... Deportadas para... Assassinados.* Um outro mármore preto, debaixo de uma bandeira tricolor em um mastro, está tão discretamente colocado que não consegue atrair o olhar do viajante: *A*

República Francesa, em homenagem às vítimas de perseguições racistas e antissemitas e de crimes contra a humanidade, cometidos sob a autoridade de fato do governo do Estado francês (1940-1944). Não esqueçamos jamais. Face a essas incrições, posso somente expressar minha amargura. Esses pedidos de perdão emplacados jamais poderão dar vida a meu pai nem a todos que foram exterminados.

Mais longe, um arco azul brilhante corta a plataforma C. Uma gaivota pousa nos fios elétricos enredados. Parece que os campos eram cercados por linhas duplas de cercas elétricas de 380 volts... Meu espírito descarrila. No entanto eu sei, meu pai não foi morto na câmara de gás do campo de concentração, seu corpo não foi queimado em um forno crematório. Ele foi "somente" fuzilado. Quero dizer franca, brutal, impiedosa, selvagem, cruel, feroz, violenta, assustadora, abominável, atroz, horrível, medonha, friamente... mortos à queima-roupa.

Três dias após a prisão de meu pai, o Comissariado Regional de Nice declara no boletim da atividade da polícia alemã: *o judeu Isaac Abramovici, escoltado por policiais alemães, embarcou para Nice-Ville em 21 de abril no trem das 13h34.* O intendente de polícia da região afirma que *os policiais designados para observar os prisioneiros foram respeitosos, preocupando-se com seu conforto.*

Eichmann estava absolutamente satisfeito com a atividade do ss *Hauptsturmführer* Brünner na região. Por duas vezes foi à França constatar os bons resultados.

Quem poderia impedi-la de sonhar sem dormir? Sissi, no curso de suas longas noites sem dormir, recusa-se a aceitar a realidade. Ela não está sozinha. Izu põe-se a seu lado e lhe toca o violino: *A janela está aberta. Sissi não escuta nem o vento nem a cidade, ela escuta o arco nas cordas do violino de Izu que improvisa inspirando-se no duplo concerto para violino de Johann Sebastian Bach. Um concerto de dois violinos que ele interpreta somente para ela.* Sissi, inicialmente apaziguada, perturba-se com essa alucinação. A visão de seu marido não tem sua clareza habitual. Graças à sua posição, devido à iluminação, e certamente também por causa de privações, a tez de seu rosto lhe parece terrosa. Ela pensa em sua morte. Pergunta a si mesma quem sobreviverá ao outro. *Seria tão bom estarmos juntos, inseparáveis, pelo pouco que nos resta e para vivermos juntos.*

No percurso para o campo de Drancy, a promiscuidade, a agitação, os alto-falantes, os gemidos não deixam nenhum espaço para a evasão mental. Isolado, no meio de uma massa fervilhante de outros párias, os Simons, os Davids, os meio-judeus e esses que se proclamam arianos, Izu pensa em sua mulher. Será que ela também está nas mãos dos carrascos? Terá ficado em Beausoleil? E a pequena Claude? E os bebês, os dois anjinhos, terão nascido? Izu estabelece planos de fuga: se apossar de um uniforme alemão, infiltrar-se nos caminhões de abastecimento e escapar do campo. Mas como driblar a vigilância de trezentos policiais franceses, quatro alemães uniformizados e ainda de judeus, a soldo dos alemães...

A pesada grade do campo de Drancy se fecha atrás de Izu, enclausurado em seu silêncio, só.

Meu nascimento e o de minha irmã sempre foi cercado de um grande mistério. "Vocês foram prematuras", nos repetiam. No montão de arquivos que minha mãe me deixou, selecionei muitas cartas, selecionei diversas cartas que suas amigas da época lhe mandaram. Elas reconstituem o que se passou após a prisão de Izu. Meu tesouro de guerra.

No dia de nosso nascimento, ou seja, dez dias depois que meu pai foi arrancado de sua família, Irène Michelson, a vizinha de Sissi, sua amiga russa, costureira de profissão e também judia, acreditou que o pior ocorrera. Ao acordar, ela pensa em Sissi. Bate à porta de sua amiga. Ninguém. Desce dois andares até a casa da senhora Baero.

– Não, a senhora Sissi não veio pegar o leite!

Irène espera um sinal até as onze horas. Então telefona para a maternidade de Monte Carlo e, lá, é informada de que Sissi está em Nice. Ela queria tanto estar com sua amiga.

As peripécias de seu parto, isso sim, fez parte das raras coisas que minha mãe me contou.

Primeiras dores. Muito precoce. Novamente, juntar depressa algumas coisas. Chamar a Cruz Vermelha. Partir. Rápido. Viajar em plena noite. Contrações violentas. Desacelerar a progressão do parto.

– Se as meninas vierem à luz em Monte Carlo, elas serão apátridas. Isso não.

Ir velozmente. Sempre mais rápido. A pequena Claude pegou o lugar da ambulância ao lado de Sissi. Ela acaricia o rosto de sua mamãe.

– Irmã Marie-Joseph do Socorro, católica, aquela que sempre nos ajudou, cuidará de Claude por alguns dias, sim, está bem. Ela estará segura. Irène poderá vê-la todos os dias. Nice. Hospital Saint-Roch. Duas crianças com nascimento pélvico, dois fórceps. Duas meninas já sujas pela miséria veem o dia em 29 de abril de 1944. Anne-Marie e Mireille. Se fôssemos meninos, nossos pais escolheriam nomes de meninos: Jean-François, como Couperin, e Jean--Sébastien, como Bach. Para minha irmã mais velha, seu nome é o de Debussy. O meu é inspirado na ópera de Gounod. Tanto para mim como para minha irmã gêmea, Anne-Marie Madeleine, nossos nomes deveriam nos livrar de todo traço de judeidade.

Minha mãe nos olha, as gêmeas. Ela nos acha perfeitamente bem. Somos, parece, roliças, brancas e rosadas, nossos bonitos olhos são de um azul sereno. Sissi pensa que eu pareço com meu pai e que minha irmã, Anne-Marie, seria mais tarde o retrato de nossa avó, com alguma coisa também que lembre a pequena Claude e nosso pai quando pequeno. Ela queria muito tirar uma foto nossa para que seus pais pudessem nos admirar. Sissi surpreende-se ao fazer piada. *Seria bom ter ao menos um menino, aparentemente não fui capaz*, escreve a seus pais.

Retomo a correspondência de sua amiga Irène.

Ela se precipita para o hospital Saint-Roch, em Nice, ninguém. Vai bater no Seguro Nacional, bulevar de la République, n. 25, em Beausoleil. Minha irmã Claude está lá, muda, no meio de milhares de crianças, ela está desamparada. Irène mostra-lhe a foto de sua mamãe. Então ela cola seus lábios sobre a foto e a beija por muito tempo. Irène passa toda a tarde com a pequena.

Alguns dias depois, Irène constata que Sissi partiu. Limpa o quarto da avenida Villaine, em Beausoleil, para o retorno da amiga. Com a ajuda de um empregado do Seguro Nacional, lava a louça, arruma as malas, põe de lado os produtos racionados no armário. Com a permissão de irmã Marie-Joseph, Irène recupera para si o queijo e os dois maços de cigarros já abertos. Nesses tempos de penúria, Sissi não os vai querer. Manda lavar a roupa com uma senhora que faz serviços domésticos.

E se o senhor e a senhora Sissi voltassem logo?

Depois do parto, o Seguro Nacional conseguiu secretamente instalar Sissi no serviço de maternidade do hospital de Agen. Suas coisas irão para lá. Irène lhe prometeu. A pequena Claude agora está com a mãe, escondida juntamente com os bebês.

Uma semana mais tarde, um policial de Beausoleil interroga Irène para lhe pedir o endereço de sua amiga.

– Trata-se de uma pesquisa para seu marido. É o tribunal de Cannes que pede o endereço de Madame.

Ingênua, Irène dá o endereço de Sissi em Agen.

E se a polícia de Vichy procurasse Sissi para entregá-la à Gestapo? E se um dedo-duro, com excesso de zelos, quisesse remeter toda a família Abramovici para o exterminador Brünner? E se o sádico Mengele tivesse por objetivo nos internar, a fim de nos utilizar em suas experiências sobre os gêmeos?

Há muitos dias estamos todas as três reunidas com Sissi na maternidade de Agen. Minha mãe consegue prevenir sua sogra da situação. Uma manhã, acompanhada pela pequena Claude, as duas gêmeas nos braços, ela encontra Luiza na plataforma da estação de Agen. Sissi ficaria muito tranquilizada se as meninas pudessem juntar-se à família escondida em Poudenas. Mas as dificuldades com as quais sua sogra se debate não lhe permitem ser responsável por três crianças. Luiza sugere a Sissi para nos colocar, provisoriamente, minha gêmea e eu, num orfanato.

Minha tia pega a mão de minha irmã mais velha que se deixa levar, em silêncio. Desamparada, Sissi volta à maternidade com as duas gêmeas.

Algumas novidades de Claude lhe chegariam de tempos em tempos. Apesar da afeição de sua tia Luiza e de seu tio Henri, não obstante os jogos com o primo Alain, a pequena molha constantemente sua fralda, precipita-se ao menor ruído, pergunta onde está sua mamãe, onde estão os bebês.

Durante o primeiro mês, até que atingíssemos o peso ideal, Sissi nos alimentava com seu leite, a cada duas horas e meia, das seis da manhã à meia-noite. Durante o primeiro mês, não engordamos muito: de dois quilos e meio nós passamos para três quilos no fim do mês. Para não irritar nosso estômago com leite de vaca, ela alternou seu próprio leite com leite concentrado durante algumas semanas. Dois meses se passaram. De dia, tudo bem. Agora, Sissi nos amamenta alternadamente com três horas de intervalo, mas de noite ela tem cada vez mais dificuldade para alimentar as duas.

Seu pranto corre.

– É preciso comer, senhora, é preciso recobrar forças.

Os dias passam no mais completo vazio. Ela espera. Em Beausoleil, uma carta chega para Sissi. Sua amiga Irène a envia sem tardar ao hospital de Agen: *Escrevo-lhe da parte de seu marido. Ele está no campo de Drancy e comporta-se muito bem. Rogou-me para lhe dizer que tenha confiança e que espera num futuro próximo estar novamente com você. Não sei se estão com ele os originais provando sua ascendência ariana. Você pode a qualquer momento enviar-lhe as fotocópias desses documentos. Receba, senhora, minhas saudações distintas.*

Não se pode ler a assinatura. Sissi fica petrificada, como eu fico hoje. Um sorriso de Drancy. Seu marido. Izu. Está vivo. Eles vão se reencontrar.

Sim, ela os tem, esses dois certificados.

Sua ascendência ariana, com certeza, ela pode facilmente demonstrar. Eles se casaram na igreja e, além do mais, é batizada. Ela pode recitar de cor os termos de seu batismo: *Testimonium baptismi – taufschein – act de botez, 15 outubro 1932, Silvia Maria Cristina, légitima tatâ, Moriciu Wisner, comerciant din Bucureşti, mamâ, nãscutã Schulder, din Craiova, romãniei in parohî Biserichi Baratiapar, preotul Georghe A. Horvath.*

Dentro da preciosa caixa de ferro, ela guardou cuidadosamente a declaração de casamento religioso na Nossa Senhora da Boa Viagem. *Arcebispado de Cannes n. 289 no ano de 1942 e a 6 de maio, eu abaixo assinado, vigário, recebi nesta Igreja o mútuo consentimento que se deram para o casamento Abramovici Isaac, israelita, e Wisner Sylvia, batizada em Bucareste a 15 de outubro de 1932, Igreja Baratia. Assinado: Monsenhor Paul Rémond.*

Ela pode até imitá-lo, cantá-lo, e mesmo dançá-lo, se eles assim o quiserem. Sissi gostaria de estar na frente do ss em Drancy e sacudir esses certificados orgulhosamente.

– Olhem, leiam.

Isaac Abramovici não é 100%, mas 50% ariano, basta. Se é preciso participar dessa mascarada, ela está disposta: *Já que é necessário ser ariano para ser homem puro e simplesmente, pois bem, faremos desse jeito!* Bem se vê que meu pai, seja ele Isaac ou Marcel, não tem nenhuma importância para os nazistas. A única coisa que conta para eles é se esse Abramovici de nome incerto seja judeu ou não. Sissi está disposta a tudo para salvar seu marido. Mas o destino se mostra encarniçado. Mesmo que ela desafiasse os alemães, atravessando clandestinamente a linha de demarcação, mesmo que aceitasse congelar no campo francês aguardando a desmobilização de seu marido, que colocase seu amor próprio de lado, abandonasse suas ambições, sofresse com a fome e a vergonha, consentisse em viver como um animal acuado no sul da França, afrontasse os homens da Gestapo que mantiveram seu marido como prisioneiro no hotel Excelsior, dessa vez ela desiste. Todos os documentos oficiais ficaram em Beausoleil na caixa de ferro com sua mala. Vão enviá-la, mas quando? Ela não tem nenhum jeito de provar que seu marido não é tão judeu quanto eles pensam. Não há jeito.

No pátio de Drancy, Izu aguarda por esse certificado que não vem, que não virá jamais.

Sissi sente muito a falta do seu rapaz, sobretudo durante a noite. Quando ela acende a luz, algo queima dentro de seu peito, ela não consegue encontrar o sono. A "dor" a consome. O desejo, a falta, a tristeza, a saudade a submergem.

Nessa manhã, no hospital de Agen onde ainda está escondida, minha mãe quer acordar uma de suas gêmeas para dar-lhe alguns gramas de leite, pensando em satisfazer a outra alguns minutos depois. Para sua surpresa, ela constata que seus bebês que dormem no mesmo berço trocaram seus polegares. Eu chupo o dedo de Anne-Marie, Anne-Marie o meu. Privadas de nossos dedos, choramos: gritos ao quadrado, soluços redobrados, pânico multiplicado por dois. Sem deixar-se impressionar, Sissi inaugura um novo método: duas mamadeiras e um bebê em cada braço.

Quando ela desce ao refeitório para tomar seu café da manhã, os enfermeiros ficam estarrecidos ao vê-la tão alerta. Ela veste uma blusa vermelha justa sobre sua única saia branca, e seus cabelos estão presos com um coque. Ela amaria tanto se o seu Izu pudesse vê-la, visto que é somente por ele que ela se esforça para ficar bonita. Repete a si mesma: *sou dele e quero que ele possa ver qualquer coisa que lhe agrade.* Um sorriso ilumina seu rosto.

Não, Izu não tomou a estrada para buscá-la, ele não tem condições de observar sua mulher que está vestida como ele gosta. A razão de sua alegria não mente, já que ontem Sissi recebeu um segundo sinal de seu querido amor. Senhor Salvagni, seu vizinho de Beausoleil, transmitiu-lhe uma pequena palavra que ela leu e releu por toda a noite, se bem que a conhecesse de todo coração. *Senhor, estou encarregado pelo senhor Arthur Marcus de avisar a senhora Abramovici que seu marido se porta muito bem. Ele saiu segunda-feira do campo de Drancy com muitos voluntários para trabalhar na organização* TODT *e diga-lhe que ele escreverá assim que for possível. Receba minhas sinceras saudações.*

Ela se lembra de suas angústias durante o desastre de junho de 1940, quando estava sozinha em Paris, sem novidades de seu marido. Ela o tinha como morto. Dois meses terríveis. E depois eles se reencontraram. Sissi põe-se a esperar de novo. Tudo vai se arranjar.

15 de maio de 1944. Izu, preso em um furgão de madeira que o conduz a um destino desconhecido, está sempre persuadido de que o pesadelo vai acabar e que eles têm pela frente uma porção de belos dias para viverem juntos. Disseram-lhes que ele e os demais homens que o acompanham serão colocados em unidades especiais para judeus estrangeiros, mas ele não liga. Hoje, tornou-se fatalista, e está pronto a aceitar não importa o que para encontrar sua mulher, sua filha Claude e os dois anjinhos que já devem ter nascido.

Antes a vida que a morte.

Hoje, parece que estou perto de meu pai em 1944. Somos dezenas de homens e mulheres que lotam o vagão. Não temos mais rosto, nossos corpos amassados uns sobre os outros. Calor, sede, fome. O trem atravessa a França, a Alemanha, a Polônia, uma parte da Rússia, dirije-se aos países bálticos. Os trilhos dançam. Izu fecha os olhos, e eu também. Meu pai se impede de gritar. Ele sonha com o ar do outono parisiense que ele jamais verá novamente, com os reflexos acobreados do sol. Uma vez mais ele quer respirar bem fundo as flores cor de malva de Champagne. Em seus lábios, tem ainda o gosto da geleia de rosas. Terá levantado a cabeça para banhar-se no azul do céu, perto das nuvens brancas?

Miserável comboio.

Comboio número setenta e três. Ele parte da Estônia, percorre a Lituânia e para em Kovno.

Caminho rapidamente, sozinha, numa estrada. Estou nua, porém impecavelmente penteada. Com uma das mãos, seguro uma cesta de provisões. Com a outra, cubro meu sexo. Passo sob a grade de um pequeno jardim privado. Começo a colher cenouras. Coloco-as em minha cesta. Uma cenoura resiste. Puxo-a para cima fazendo um enorme esforço. Meu rosto se contrai. A cenoura se quebra. Meu rosto explode em pedaços.

Trancado depois de vários dias no Forte IX em Kaunas, Izu tornou-se escravo de uma usina de morte. Seu trabalho forçado resume-se em colher a turfa dos arredores, essa terra escura e ácida que ataca a pele de suas mãos e de seus pés nus. Uma agitação toma conta de seu espírito assim como do 878 homens que se apresentaram como voluntários para colaborar na empreitada de guerra nazista. Fabricando armas, mísseis, participando na construção de fortificações alemãs, eles acreditam escapar da morte. Quantos camaradas terá ele visto se afastar para ir trabalhar nas florestas vizinhas, e que nunca mais regressaram?

Izu sente fome, Izu sente frio. No subsolo do Forte, como um eco sem resposta, ele escuta os gritos da noite. Tem medo? Crê que a vida vale a pena ser vivida? Tem força de evocar sua querida esposa, sua Sisoïca?

Sissi imagina seu pequeno homem sozinho entre estrangeiros. Como que para sufocar as imagens dolorosas que a atormentam, põe-se no papel da boa esposa, responsável e amorosa. *Será que ele tem sabão, bicarbonato, um aquecedor elétrico para esquentar sua água? Terá roupas limpas? Quais sapatos usa? Seus pés estão machucados? Desde que não ande muito. Ele não deve se cansar.* Ela dá seus conselhos no vazio, nesse enorme abismo tão grande quanto seu desespero.

Sissi não ousa confessar à sua família que seu marido foi levado pela Gestapo. É por meio de um telegrama lacônico, *Anne-Marie e Mireille nasceram dia 29 de abril, ambas bem saudáveis*, que Anicutza foi informada de nosso nascimento. Ela crê que seu genro toca com sua orquestra longe de sua pequena família aumentada. *Izu deve ser como a abelha que traz o necessário à colmeia.* Passam-se três meses, Izu não volta. Sissi fica muda. Anicutza não está tranquila. Ela sente como um vento glacial que sopra nas pequenas mensagens que Sissi lhe manda de forma tão irregular. Fica admirada com o fato de meu pai não poder ir nos ver. *Mesmo por um dia, isso tranquilizaria todo mundo.* Frequentemente sozinha em casa, ela pensa què seu genro se esconde em outro lugar, longe dos carrascos. Ela se lembra do massacre de Bucareste, ela sabe do que são capazes esses que não gostam dos judeus.

Sissi não diz a ninguém que ela saiu do hospital de Agen. Sem carta, nenhuma nota em seu diário íntimo. Pobre jovem mulher com seus dois bebês nos braços, mais uma vez desamparada na plataforma da estação.

Sem informação sobre esse período em branco, fico estagnada numa espécie de vazio. Como conseguiu se virar sem dinheiro, sem ajuda, sem esperança?

Agarro-me a alguns detalhes revelados com parcimônia. Para ir procurar seu ganha-pão em Paris, minha mãe nos deixa com duas amas de leite no campo. E novamente lá vai ela enredar-se nas formalidades para a carteira de trabalho, a pilha de certificados para reunir, os carimbos oficiais a solicitar.

Depois do fim da guerra, é impossível encontrar um apartamento fora do mercado negro. Além do aluguel a ser pago, uma propina de cem mil francos é exigida por debaixo do pano por um quarto e cozinha sem conforto. No entanto, uma boa notícia a espera: Henri, o marido de Luiza, é proprietário de um pequeno estúdio na rua Choron, n. 22, no nono distrito de Paris. Ocupado por um invasor depois do início da guerra, esse bem é ameaçado de requisição a pedido da Direção de Serviços de Guerra e Habitação da prefeitura do Sena. Henri propõe então que Sissi venha instalar-se ali. Ela recupera alguns pertences na quitinete de Porte d'Orléans, e os leva ao sexto andar. O imóvel é pequeno, sem banheiro, sem cozinha, nenhuma amenidade. Os únicos bens de Sissi são os arquivos familiares e as partituras de Izu. Ela aluga um pequeno piano, com um aperto no coração, empresta o violino de Izu a uma amiga romena que coordena festas de gala no mundo inteiro. *Um violino que não toca é um violino morto*, lhe diz.

E Sissi espera por Izu.

Ela ainda o aguarda.

Pesquisas papai. Um documento a ser aberto. Descubro com admiração essas cartas de apoio que miraculosamente sobreviveram à borracha que o tempo passa e que parecem eternas. Assim como Sissi deve tê-lo feito, devoro cada palavra, procuro indícios, uma esperança, uma presença. Sacudo os fantasmas e a mim também, entre as escrituras mais ou menos legíveis, os erros de ortografa, o estilo por vezes direto ou literário, persuado-me de que meu pai vai voltar.

Irène, a gentil vizinha que ia ver a pequena Claude na casa das irmãs, guarda a foto de meu pai e a mostra diversas vezes por dia a pessoas que poderiam ajudá-lo em Beausoleil ou em Monte Carlo. *Se existe um Deus, seu marido, papai de três crianças, deve ser liberado, e rapidamente.*

Albert, o violoncelista da orquestra Krikava, colega de trabalho de Izu, *gostaria muito de tranquilizar Sissi.* Ele se propõe a levar a estante de música de Izu quando passar por Paris.

François Rébillat, o violinista amigo de Morlac, exprime-lhe sua pena e seu pesar. *Não duvide de nossa grande simpatia, mais viva ainda nesta dolorosa situação. Não seria melhor se você viesse morar em nossa pequena localidade? Quanta lástima.*

Agora, a palavra está com os combatentes liberados.

Do Ministério de prisioneiros de guerra deportados e refugiados, um velho detento do campo Wolfsberg (Corinthie) acredita ter conhecido um Abramovici pouco antes de 8 de maio de 1945. Um outro lhe escreve de La

Roche-sur-Yon. Ele informa a Sissi, ao examinar a foto da identidade que ela lhe transmitiu, que tem quase certeza de ter cruzado com seu marido na Áustria. *Os civis que passavam por Wolfsberg eram geralmente enviados para os campos de Tarento, na Itália,tendo em vista seu retorno posterior*, escreve-lhe. Sissi poderia ir para Tarento, mas quem cuidaria das crianças?

Por um instante, nós, as três pequenas Abramo, estamos no campo, abrigadas por camponeses em Nérac, na região de Lot-et-Garonne. Sissi consola-se de nos ter deixado, dizendo a si mesma que o leite da fazenda é bom para nossa saúde. Esses camponeses aos quais somos confiadas pedem, para nós, as três orfãs de tamancos, dinheiro para *manteiga, geleia, mel, aletria, batatas... Não se pode pensar em chocolate, é muito caro... Essas pequenas não comem, devoram... Seria preciso lhes comprar galochas e lã para tricotar meias.* Sissi sabe muito bem que estamos mal vestidas e que não podemos correr no campo com nossos tamancos. Frequentemente mesmo, voltamos com os pés molhados.

Sissi não conta o mais doloroso. Não diz à sua família que, quando ela tem a possibilidade de nos visitar, não a reconhecemos, e que a pequena Claude a olha com ar desconfiado. Ela não fala dessa dor.

Oito meses se passam. Sissi ainda não diz à sua família.

A inquietação e uma certa febre aumentam em Bucareste. Minha avó inunda sua filha de telegramas angustiados. Ela não pode evitar de pensar nas dificuldades que Sissi deve enfrentar para carregar as três pequenas. Como ela o faz? Tem com o que alimentá-las? *Claude deve compreender que seu papai não está lá, ele deve lhe fazer falta... deve ter saudades dele... Enorme.*

Flavian escreve à minha mãe para lhe expressar a afetuosa amizade que o ligava a meu pai. *Quando recentemente fiz uma viagem à Suíça, relatei o caso de seu marido à Cruz Vermelha Internacional, em Genebra. Pus toda a minha influência em jogo, mas até agora não tive resposta.* No dia 5 de maio de 1945, sem avisar seus pais em Bucareste, sem prevenir ninguém, Sissi toma uma decisão: inscreve-se na Prefeitura de Polícia de Paris. Sua ficha de recenseamento indica: *Sylvia Wisner Abramovici, nascida em 17 de junho de 1917 em Bucareste, Romênia, de nacionalidade romena, não está mais acompanhada de seu marido, Isaac Abramovici. Data de retorno: indeterminada.*

A guerra acabou. Essa notícia devia alegrá-la. Neste 19 de agosto de 1945, os exércitos nazistas assinam em Reims sua rendição incondicional. As mulheres estão felizes. Elas abraçam os vencedores. Há desfiles nas ruas de toda a França. O que haveria de mais normal? Ganhamos. A besta imunda? Abatida!

Sissi atravessa o grande *hall* do hotel parisiense, os salões adornados de molduras, as rotundas, as escadas coberta por tapetes. Traz a pequena Claude pela mão. O prédio do Lutécia, requisitado, está remobiliado luxuosamente com o que se encontrava guardado: lustres, tapetes, poltronas macias.

Como de costume, quando quer afastar a angústia que a atormenta, apega-se ao olhar silencioso que ela e seu marido haviam trocado no hotel Excelsior quando Izu estava em mãos da Gestapo.

E se?

E se Izu fosse aparecer por detrás das barreiras brancas do hotel Lutécia?

Sissi não espera mais. Ela se antecipa ao tempo. A alegria está em seu peito, em sua garganta, na boca, como as ondas do mar.

Sissi percebe Izu com seu violino na mão. Izu se aproxima de Sissi e começa o minueto da Serenata em sol maior de Mozart. Certamente, ele emagreceu, está cansado. Nos primeiros tempos, Izu está nervoso, não pode comer, ou então vomita. Alguns meses mais tarde, tudo será esquecido. Se amam como antes, e até mais. A vida, eles a fazem como sempre desejaram: andar de bicicleta, acampar, estudar, ler, ler outra vez.

Izu retoma seu violino alto. Sissi compra o acordeão de seus sonhos. Sissi escolhe as roupas do espetáculo, as blusas romenas tradicionais para as mulheres, calças e paletós pretos para os homens, botas de couro vermelho. À frente de uma grande orquestra cigana, dão a volta ao mundo. As três filhas são educadas como boiardos. Crescem, fazem seus estudos, se casam. O tempo passa. Os netos de Sissi são bonitos e inteligentes. Sissi esconde as raízes brancas de seus cabelos sob a tintura negro-azulada. Izu a olha com ternura. Ele está apaixonado como no primeiro dia e Sissi está enamorada de Izu.

Única testemuna do sonho de Sissi, rebobino o filme. O mecanismo da enroladora emite um som estridente. Izu jamais ultrapassou as barreiras brancas do Lutécia. Isaac Abramovici não está inscrito entre os sobreviventes. Aniquilada, Sissi retoma o caminho de casa. Naquela tarde, a pequena Claude não abraçou seu pai. Não procurou o diapasão para tocar o lá, não fez chiar a corda no violino alto de seu pai. Ela adormece recitando repetidamente o chavão de sua infância: *os home' maus prenderam papai.*

Há dois anos Sissi guarda o seu segredo. Em Bucareste, Anicutza compreendeu que Izu não estava mais lá. Ela escreve incessantemente à sua filha, seu coração de mãe chora. Ela invoca os nossos nomes com enorme tristeza. *Anne-Marie e Mireille já devem ser duas pequenas meninas no verdadeiro sentido da palavra, já andam? Penso em Claudinette, a maior. Quando vou vê-las? Aqui é Natal, estamos todos em casa e contentes porque faz calor e o rádio está ligado. Se você viesse, seria mais fácil, eu tomaria conta delas. Esperamos uma resposta de sua parte.* Eu poderia me tornar romena, é verdade. Minha avó Anicutza teria ficado feliz de admirar minhas bochechas rechonchudas, morrido de rir com minhas risadas e meus trocadilhos. Você não pode imaginar o quanto ela seria louca por mim. Meu avô teria lido histórias para mim: Branca de Neve, Chapeuzinho Vermelho, e eu lhe teria feito todas as perguntas para conhecer em detalhes a vida dos gnomos. Aos três anos teria ido para o jardim de infância, depois para a escola primária. Teria sido traquinas e farsante. Teria decorado árvores de Natal, teria embrulhado nozes com papel de alumínio, teria recortado correntes de papel vermelho, amarelo e azul. Teria ficado impaciente para receber do Papai Noel um tambor e um fogãozinho de ferro esmaltado. Que alegria subir nos joelhos de minha avó, vestir as roupas que ela costuraria para mim com amor. Mais tarde, teria saudades de suas geleias.

Teria adorado assistir à cerimônia de diplomação de minha tia Berthine, que se tornou responsável pelo grupo de mulheres do Partido Comunista romeno. Ela me teria levado ao Museu Nacional das Tradições. Teria deambulado em meio aos tecidos coloridos, fios bordados, fios de seda branca, fios de seda malva sobre fundo branco, fios de seda rosa e seda bordô, fios de algodão azul pálido e azul escuro. Teria adorado provar as roupas tradicionais, abrir os tecidos diante de mim, olhar-me de frente, de perfil. Depois, teríamos admirado em silêncio os flocos de neve a cobrir o grande pinheiro do jardim. Sissi nunca respondeu aos apelos de sua mãe. Continuou a edulcorar a realidade. *Nada vai tão mal. A pequena Claude é boa aluna. Esta semana ganhou uma medalha de honra. Logo saberá ler correntemente. As meninas vão ao catecismo todas as quartas-feiras e à missa aos domingos.* Aí está, as pequenas judias escondidas se tornaram católicas. Entramos no rebanho. Izu e Sissi haviam edificado uma bela arquitetura para seu mundo ideal e se haviam prometido ali habitar por toda a vida. Os pilares de seus sonhos se esboroaram sob o peso do desastre. Sissi sem Izu não aguenta a barra, deixa as velas soltas.

Por quanto tempo teria imaginado minha mãe levantar os olhos e achar que seu marido estaria ali? Foi preciso admitir que o passado não voltaria.

Em 16 de fevereiro de 1946, tendo finalmente perdido toda a esperança, Sissi escreve: *Meus queridos pais, espero que tudo tenha corrido muito bem para vocês, que vocês estejam bem de saúde e que tenham recebido meus telegramas. Aqui, um resumo de nossa situação: as deportações foram intensificadas em 1944. Os que puderam se esconder, o fizeram. Precisava-se ter ou muito dinheiro ou relações com pessoas de boa posição. Nós não tínhamos dinheiro suficiente e o único conhecido que poderia nos abrigar teve medo de prejudicar sua família. Portanto, ficamos no mesmo lugar sob a benevolência de Deus. Logo em sua primeira visita, a Gestapo não nos encontrou em casa, na segunda nós estávamos lá. Eles tiveram piedade de mim e não me levaram. Isso ocorreu no dia 19 de abril. Tive indiretamente notícias de Izu até 15 de maio quando ele foi enviado para a Lituânia com os prisioneiros de seu comboio, novecentos homens jovens, desejando trabalhar para a organização Todt. Depois, mais nada.*

Naquele dia, nessa carta, entre tais palavras, Izu, seu garoto querido e marido, meu pai Isaac, desapareceu definitivamente.

Levanto cedo e, sem refletir, me enfio no cais de Bercy, na piscina Joséphine Baker. Coloco meus óculos de natação e deslizo na água tépida. Através das paredes, percebo as casas flutuantes, os navios de cruzeiro, as estrelas da polícia marítima. Boio de costas, os braços cruzados e as pernas afastadas, o rosto na superfície da água. Pisco lentamente os olhos. Se os abro inteiramente, posso admirar os reflexos do sol que brincam com a água transparente.

Sissi decidiu não falar mais desses anos de amor e de tristeza, de nunca pronunciar o nome de seu marido, ou muito pouco. *Ele era bonito, inteligente, forte e corajoso*, era o que ela às vezes aceitava me dizer, a fim de responder à minha curiosidade. Como suportou a ausência de seu marido? Imaginei o pior. Sissi como faxineira, pedindo esmola, dormindo na casa de uns e de outros, em abrigos, às vezes em hotéis miseráveis. Graças às minhas questões insistentes, minha mãe concede-me afinal algumas revelações. Ela recebeu por um certo tempo o benefício militar de seu marido, soldado desaparecido. Colocou-nos em uma casa para crianças, num subúrbio próximo, onde podia nos visitar com frequência. Um diploma de puericultora, conseguido com muito sacrífio, não lhe permitiu obter trabalho numa creche onde poderia aproveitar sua posição para ter-nos por perto. Terminou por aceitar tocar piano para a Cruz Vermelha americana, em um clube para oficiais. Tentando dar o melhor de si para lhes agradar, para um, toca Bach, para um segundo, romances americanos, para um terceiro, Chopin, para outro *boogie-woogie*. Ela não recusou nenhum contrato, mesmo os mais miseráveis, alguns bailes de gala, substituições em boates noturnas, tudo que aparecesse. Ela fez dançar os turistas nos cabarés. Era apreciada.

Não se queixava jamais, podia-se crer que foi feita para essa vida. Não dormia, comia pouco, trabalhava duramente, sozinha.

Estava disposta a tudo para prover as necessidades de suas três meninas.

Durante um período de desemprego, Sissi parte para procurar emprego no lugar de encontro dos músicos, o café Le Palmier, praça Blanche, em frente ao Moulin Rouge. Lá encontra Catanéo, o líder da orquestra de um grupo folclórico cubano, Los Matecocos. Ele busca um pianista. Ele se dirige a Sissi, pergunta-lhe se ela não é demasiado alérgica aos ritmos cubanos, ela lhe responde:

– Quero tentar, mesmo sendo mulher.

Essa tentativa durou mais de trinta anos. Minha mãe tornou-se a pianista reconhecida do grupo. A música cubana se tornou seu ganha-pão. Ela fez turnê mundial, Líbano, Irã, Estados Unidos, África, Europa. Sua música típica ressoou por todas as boates noturnas de Paris e de outros lugares: o cabaré La Pergola, em Sables d'Olonne, as boates Le Big Ben, La Romance, La Cabana Cubana, o cabaré do Moulin Rouge, o Dancing-Marne da ponte de Joinville, o Jimmy's, Le Keur Samba, Le Doyen, La Pachanga, La Dolce Vita…

Hoje, me lembro. A música tamborila dentro da minha cabeça e não consigo mais sossegar. As imagens de vestimentas, das mangas bufantes, dos maracás, dos raspadores desfilam sobre o vidro fosco do *scopitone*, o *jukebox* de vídeos musicais. Catanéo, o chefe da orquestra; Gonzalo, o flautista; Oscar, o cantor. Sylvia, a pianista, dá o compasso. De tempos em tempos, quando retornava de uma turnê no estrangeiro, mamãe vinha nos buscar para o fim de semana. No pequeno quarto de hotel que ela alugava por mês, eu encontrava uma dezena de músicos cubanos, mexicanos, todos muito simpáticos. E nessas noites, não eram discos de vinil manipulados por DJs, era de verdade: "Siboney", "Ya no me Importa Nada", "La Passionata", "Recuerdos de Arcano", "Pao Pao", "Les mal-aimés", etc.

Los Marecocos não eram os únicos empregadores. Quando a situação permitia, Sissi, de tailleur azul marinho, camisa branca, nos embarcava, com ela, nos bastidores do ABC. Sentada ao fundo da sala vazia, eu escutava os ensaios da opereta *La Route fleurie* com Bourvil. De vez em quando, Michel Simon soprava sua voz áspera no ritmo do piano de mamãe "Le printemps sans amour" ou até mesmo "Elle est épatante cette petite femme-là". Eu ficava fascinada. No Olympia, o teatro do amigo de minha mãe, Bruno Coquatrix, enfiada nas pesadas poltronas de veludo vermelho, podia ver Sissi dirigir Sylvie Vartan que aprendia a cantar e a se mover em cena. No salão da bela Corinne Marchand, assistia, escondida atrás de seu piano de cauda lustroso preto, aos ensaios da morosa melodia do filme *Cléo de 5 à 7*, de Agnés Varda. Quando a supervisora geral nos autorizava, abandonávamos a pensão durante muitos dias e acompanhávamos Sissi ao pequeno castelo de Joséphine Baker. Eu era a primeira espectadora de seu espetáculo *J'ai deux amours*. Mais tarde, via Régine de robe, despenteada, quando vinha buscar o salário de Sissi, requisitada, esquecida, reclamada. Lembro-me de Sacha Distel, ensaiando *Scoubidou*. Olhando minha mãe com afeição, ele murmurava: *Não poderia fazer nada sem Sylvia.*

Sylvia Wisner – *a pequena Sissi, nascida em uma das grandes famílias burguesas de Bucareste do pré-guerra, pianista talentosa, que tocava clássico aos cinco anos, que queria muito se tornar uma boa médica, cuja paixão ia de Brahms a Debussy, a Mozart, a Bizet* – , sim, minha mãe virou uma pianista de variedades.

Ela desapontou seu mundo, Sissi. Alguns membros da família ousaram criticá-la, *Por que ela fez isso? Ela teria ao menos conseguido se distinguir na música cigana!*, disse seu amigo de infância, o líder da orquestra Edgar Cosma, tio do famoso Vladimir Cosma.

Sissi fez isso por nós, por mim. Ela iniciou-me na vida sem jamais dificultar meu caminho por causa de seus sonhos de juventude destruídos. Agradeço-lhe por isso. Penso nas famílias que cessaram de existir, nas crianças que nunca nasceram. Eu lhe agradeço por ter nos salvo da inexistência. Saberia eu fazer o mesmo?

Nice, o quebra-mar. A espuma do Mediterrâneo borbulha sob o sol. Sobre os seixos negros, duas cadeiras de jardim em aço lustroso azul, fechadas uma contra a outra, vazias. Um perfume do passado me invade. Vejo meus pais jovens passeando à beira-mar. Eles se recusavam a prestar atenção aos folhetos vergonhosos que poluíam as caixas de correio, ou que eram jogados do alto das varandas dos imóveis burgueses. *Não queremos mais que os judeus venham se instalar em nossas costas, se aproveitar de nosso bom ar e de nossa Riviera.* A alguns metros, recobertos pelo sol, um casal de idosos, de braços dados, para com o intuito de contemplar o horizonte. Esforço-me para manter essa imagem. Sobretudo que eles não se virem! Que eles me permitam aproveitar ainda por alguns segundos essa miragem.

Cruzes gamadas de cal, recentamente desenhadas sobre os muros de tijolos da estação de Kovno, na Lituânia. Em uma manhã fria de outono, chego ao Forte IX, último destino do comboio 73. Porta maciça na névoa, arame farpado, caminho da prisão cercado por torres de observação, escadarias sombrias, corredores úmidos, celas sinistras. Sobre os muros rabiscados, espero de fato resgatar bem no alto, dentre todas as inscrições desses condenados à morte, uma assinatura que seria a de meu pai.

O vento sopra na planície. Esculturas grandiosas de concreto lembram as macabras descobertas dos ossuários na liberação. Sobre uma vala comum, a turba descobriu a placa que comemora o desaparecimento de oitocentos e setenta e oito homens assassinados do comboio 73. Oitocentos e setenta e oito. Izu estava entre eles. Arranho a terra preta e úmida. Pego um pouco dela e a coloco em uma pequena caixa de marfim esculpida que se torna minha urna funerária. Será que a semente está lá, inerte após os anos? Não há mais realidade.

Faço um esforço para visitá-la até o fim: o muro de fuzilamento, a rota da morte, a floresta.

Fecho os olhos.

Ele vai ser fuzilado. Tem trinta anos. Apontar o cano do fuzil. O nazista. Ele mira. Os mesmos gestos, vagarosamente. Dois tiros. Meu pai desaba na vala. Um traste qualquer. Meu pai jogado num buraco cheio de água. Nariz contra terra.

O eco interminável.

Prawieneské, é onde estou. Os trilhos separam a cidade em duas. A terra loira e ruiva, o lago tranquilo. As árvores esguias, encostadas umas às outras, encadeadas sobre as tumbas abertas. Pilares de pedras desgastadas, anéis enferrujados, lajes devastadas pelas ervas daninhas. Não há mais campo. Não há mais prisão. Nada. Nas imensas turfeiras, procuro o local exato onde a coisa ocorreu. E depois o terror. Novamente, o zumbido do fuzilamento e o barulho da queda sobre a terra pútrida. Uma estrela judaica gravada em uma pedra conta a história enfurnada nas folhagens. Perturbada pela descoberta de um aparente mausoléu, cercado por um fio de ferro enferrujado, telefono para minha irmã Claude em Atenas.

– Você sabe onde estou? Na minha frente, há um lago tão calmo, contornado por bétulas a perder de vista. A terra do caminho é semelhante à areia dourada, muito agradável. Algumas moscas voam ao redor de uma estela de pedra comida pelo musgo. Lá mesmo onde nosso pai foi assassinado...

Um silêncio frio instala-se entre essas duas partes do mundo, tão remotas uma da outra: eu, num canto perdido da Lituânia, e minha irmã na cozinha de um prédio no coração de uma grande cidade europeia. Minha chamada parece pô-la em pânico. Para respeitar sua aflição, cesso a conversa.

Como um autômato, sento-me sobre as filifolhas ruivas. As árvores balançam no céu azul. Eu não saberia dizer por quanto tempo permaneci prostrada nesse pequeno pedaço de terra que transpira um passado doloroso.

Atravesso os trilhos da pequena estação de Prawieneské, onde um táxi me aguarda.

Abela caixa esculpida e ornada com a bandeira lituana, que contém a turfa negra do forte IX, reina sobre a janela do meu quarto de hotel. Uma presença que me é cara e que acompanha todos os meus gestos enquanto arrumo minha mala. Decido levar a urna para Paris. Meu caderno de viagem será meu confidente. Nele traçarei as etapas da última viagem de meu pai, mas em sentido inverso.

Em cima da toalha de mesa de quadriculados vermelhos e brancos do vagão-restaurante, a caixa funerária acompanha meu jantar. Ela passa ao lado das cidades de Suwalki, de Sestokaï. Em Bialystock, as cortinas marrons de minha cabine a protegem do sol plúmbeo do meio-dia. No campo aberto, espero pacientemente que os entroncamentos dos trilhos se adaptem às normas europeias para que o trem possa partir novamente.

Em Grodno, sob o pretexto de que eu não tenho autorização para atravessar esse minúsculo território da antiga União Soviética, a polícia russa me faz descer do trem com todas as minhas bagagens, e me fecha durante toda a noite num hangar imenso, velho e empoeirado. Aperto a urna contra meu coração.

Perdida nesse vestígio de comunismo, debaixo de velhos lustres de uma outra época, sem telefone, grito o tempo todo: *I want my passport! I want to leave!* De madrugada, incomodada com o odor de um pano de chão úmido que uma velha russa, de avental cinza e com um lenço atado em sua vasta cabeleira, arrasta, sou recompensada pelo meu berreiro noturno. Um oficial da polícia federal da segurança da Federação Russa me bota para fora sem uma palavra.

A pequena caixa liberada atravessa as florestas de Mostki, Cienin, Konin, Kolo, Vrloci, Kloodaw, Kutno, Lowice--Glonyu e Bednary. Ela passa pelas cidades de Kuniwicem Azepin, Bocsow, Drwnce. Na Alemanha, cruza Magdeburg, Königstrasse, Braunschweig. Mais tarde, o trem passa por Frankfurt e chega enfim à gare de l'Est, em Paris. Alguns instantes depois, transponho os trilhos roídos da velha estação de Bobigny. É desta estação, doravante desativada, que partiam os comboios que se dirigiam aos campos de extermínio.

Em Drancy, cercado pelos prédios do campo hoje transformados em conjuntos habitacionais, sob os olhos entretidos das crianças que brincam no terreno vazio da cidade, coloco a urna diante do vagão de tinta fresca, símbolo dos comboios da morte.

Enfim, a pequena caixa, repleta desta turfa escura dos países bálticos aterrisa em minha casa sobre uma prateleira de minha biblioteca. Às vezes, eu a tiro e a recoloco sobre o piano, ou até mesmo entre os CDs ou os discos de minha sala. Um dia, espero que ela desapareça, como que por encantamento.

E se eu parasse por aqui? Poderia dizer "é uma história antiga". Por que remoer o passado, o que há de bom em "desenterrar os mortos", fazer sofrer minhas irmãs frágeis, entristecer minha filha e minha neta? E se eu considerasse minha tarefa como terminada? Mas isso é mais forte do que eu, se ainda resta uma chance de saber, por menor que seja, devo continuar.

Então pus de novo meu casaco de detetive.

O que ocorreu com o banqueiro Theiler, esse comerciante de madeira que por assim dizer recebia os tubos de seu cúmplice Isaac Abramovici? Se ele ainda vive, saberia me contar sobre meu pai?

Em 6 de maio de 1943, Theiler, aliás Moret, foi detido pelo exército italiano em Nice. Ele foge em 12 de junho de 1943. Em 21 de abril de 1944, é preso novamente, mas desta vez pela Gestapo. Ele não saberá nada a respeito da prisão de seu camarada Isaac Abramovici.

Na manhã de 17 de agosto de 1944, o trem corre com um barulho ensurdecedor. Theiler não conhece o destino. De noite, o comboio para em campo aberto antes de alcançar a estação de Nanteuil-Saacy. A ponte ferroviária que cruza o rio Marne fora destruída alguns dias antes e os deportados deveriam então ir a pé para essa estação onde outro trem os aguardava. Aproveitando-se da noite que caía, ele se joga numa fossa. Corre, sem fôlego, anda por muito tempo, regressa à floresta, não para, apesar de seus pés sangrarem. Esconde-se por três semanas, faminto. Algumas batatas roubadas, um sono ruim nos velhos casebres abandonados. Enfim, ele encontra os FFI (Forças Francesas do Interior) em Saacy-sur-Manne. Eis Theiler engajado na rede Oriente. Ele receberá do chefe da central Praxitèle a medalha da Resistência por seu dinamismo e sua coragem. Em 1946, terminará seus exames e se tornará doutor em medicina. Exercerá em Paris até sua morte, em 1982. Agora, é tarde demais para escutá-lo. Mas eu poderia tentar encontrar um de seus descendentes. Nas páginas amarelas da lista telefônica, procuro localizar todos os Theiler que vivem em algum lugar da França. Telefones. Endereços. E-mails. Escrevo cartas, deixo mensagens idênticas nas caixas. *Desculpe incomodá-lo, gostaria de saber se o senhor possui alguma relação com René-Michel Theiler. Escrevo um livro sobre meu pai que o teria conhecido em 1944.* Deixo passar alguns dias. Tento ficar calma. Espero. Um dia talvez...

Sinto-me um pouco ridícula, mas não posso me impedir de pensar em minha mãe e na vontade obstinada que demonstrou para encontrar meu pai. Seu exemplo é minha força.

Em minhas mãos, o livro de Flavian, *De la nuit vers la lumière*, que relata seus feitos de guerra. Em 1947, ele dedicara um exemplar a minha mãe. Como de costume, tentei descobrir sob a folha marrom impressa uma outra escritura, descobrir uma mensagem oculta. Não vejo aí o nome que procuro, o de meu pai, seu cúmplice de regimento, seu companheiro de resistência, nada sobre seu amigo Izu.

A partir da volumosa correspondência entre meu pai e minha mãe, tento trazer à tona a personalidade de Flavian, seu amigo de guerra. Entre as páginas dispersas da arquivista Sissi, descubro uma carta de Flavian para minha mãe, em resposta a uma das garrafas que ela lançara ao mar, no desespero de encontrar seu marido. *Cara senhora, recebi sua carta e lhe agradeço a confiança em mim que deposita. Mas não pude deixar de me inquietar a respeito da sorte de seu marido, por quem tenho a mais afetuosa amizade. Espero que essa guerra o traga para nós depressa. Se lhe faltar o que quer que seja, não hesite em me escrever.*

Minha mãe nunca respondeu a Flavian. Nunca mais lhe pediu socorro. Quis conservar intacta sua amizade, ou estaria magoada pela perda de seu marido enquanto ele, Flavian, estava vivo? Entre o presente e o passado, abriu-se uma brecha na qual muitas coisas penetraram.

Hoje, tomo coragem. Escrevo para a rua Malakoff, n. 125, em Neuilly-sur-Seine. A senhora Flavian me responde, mas não é Lola. É a quarta mulher de Flavian. Informa-me que Lola, a primeira esposa, morreu de câncer faz muitos anos. Não deixou nada. Essa quarta esposa diz-me que seu esposo faleceu há mais de vinte anos. Ela ignora que Flavian foi responsável por um grupo de voluntários estrangeiros do MUR, sob o pseudônimo de Murat, ignora toda a relação política e amigável de meu pai e de seu marido. Agradece-me as fotos que lhe enviei.

A amizade dos dois homens definitivamente sumira, sem deixar traços, graças ao desaparecimento de um e o silêncio do outro. Há alguns anos, eu poderia ter interrogado Flavian. Como na história de Aladin, ele poderia ter feito com que meu pai aparecesse novamente na minha frente. É muito tarde.

Hoje, qual a importância da perseguição, de Marcel ou Isaac, do suposto tráfico de dinheiro, dos frascos, de Theiler, dos processos, das acusações verdadeiras ou falsas daqueles servidores do Reich, seres indignos? Prefiro continuar meu caminho depois de ter dado uma última olhada naquilo que pode ser salvo do esquecimento. Espero que não seja muito tarde.

Minha tia Berthine festeja hoje seus noventa anos. Muitos meses se passaram depois de minha última visita a Bucareste. Quando lhe telefono de Paris, seu filho Radu, meu primo, a leva vagarosamente para a frente da câmera do computador. Vejo-a, presa em sua cadeira de rodas. Ela tem um ar de Sissi. Seus cabelos brancos parecem uma penugem de bebê. Seus olhos imensos me espreitam. Ela não percebe o que está acontecendo. Ela me olha sem me reconhecer e me implora num romeno misturado a um francês perfeito.

– Quem é você? Não a conheço. *Tu esti fata lui Sissi?* Você vem quando? Gostaria tanto de ver Sissi.

Quando de minha última visita, há muitos meses, Berthine me havia entregue um pequeno pacote amarrado. *Você o abrirá em Paris*, exigiu. Assim que cheguei, cortei a fita, desembrulhei o papel azul claro como os olhos de Sissi. Descobri então as cartas de toda uma vida: aquelas que meus pais quando jovens enviaram às suas famílias que estavam presas em zona livre e, mais tarde, a correspondência de minha mãe com seus pais que estavam atrás da Cortina de Ferro.

Hoje, essas cartas dispersas cobrem o tapete de minha sala. Novamente, o odor da tinta seca invade a noite. Acaricio a delicada escrita de meu pai, admiro a regularidade da de minha mãe. Meus pais estão novamente juntos.

Um estádio ao ar livre. Um gramado tão verde. A terra avermelhada do circuito é doce e fina. Cubro meu corpo com uma pintura cinza metalizada. Vesti um short branco, uma blusa colante branca. Corro pela pista vermelha tendo em minhas mãos o bastão de revezamento. Diante de mim, estende-se a mão de alguém que agarra o bastão. Minha filha, adolescente, deixa marcas no solo repentinamente nevado. Ela sorri. Seus cabelos ondeiam ao redor de seu rosto radioso. Ela alcança um promontório extremamente elevado, coberto de um tecido vermelho, no meio de um mar azul, no qual saltam peixes cor de ouro. Está nua. Ela salta num mergulho e desliza lentamente no ar puro. Como em câmara lenta, ela se afunda no líquido azul.

Caminho pelas aleias espessas do cemitério de Pantin, com olhos secos, sem lágrimas. Arrasto meu sapatos sobre as folhas caídas de outono, alaranjadas e vermelhas. Disponho as pedrinhas sobre o túmulo azul de Sissi, que morreu em 15 de maio de 1998, cinquenta anos após o desaparecimento de meu pai. Verto água sobre o granito. Meus dedos apagam os sinais do tempo. Sob a água clara, as letras douradas parecem tremeluzir vagarosamente. *Sissi, 1919-1998, Izu, 1914-1944*. Abaixo, uma clave de sol dourada. Prossigo minha peregrinação até o cemitério cristão de Condé-en-Brie. Foi aqui, em Aisne, que minha avó Golda se reunira a sua filha Luiza, ao fugir do gueto de Tchernovtsi. O cura da aldeia autorizou a criação de um pequeno quadrado judaico. Com o filho mais velho de Luiza, Alain, meu primo germano, subimos vagarosamente a pequena colina.

Sobre a tumba familiar estão os nomes de todos os Behar desaparecidos, gravados sobre mármore branco. *Golda*, minha avó, *Luiza*, minha tia, *Henri*, meu tio. Meus primos juntaram o nome do filho assassinado, meu pai, *Isaac Abramovici*, dito *Izu*.

Alain me diz que vovó pensava com frequência em seu filho e chorava.

Quando escrevi essa história, Alain ainda estava entre nós. Deixou-nos bruscamente alguns meses após nossa peregrinação ao túmulo de nossos parentes. Figura hoje sobre a tumba familiar, entre outros nomes. Nada mais do que nomes.

Sem dúvida, o nome de meu pai está entre os do Memorial do Holocausto, em Berlim. Estará em algum lugar no United States Holocaust Memorial Museum, de Washington?

Parece que sua fotografia também se encontra no Museu de Yad Vashem, sobre a Colina da Recordação, em Jerusalém.

Tantas sepulturas para uma vida abortada.

Minhas pipas pesam dentro da sacola azul-marinho. Faz calor em julho, no parque de La Villette. O céu está límpido, o sol no zênite. O festival de jazz abriu suas portas, como todo ano. Um ventinho sopra no cimo das árvores, que ondulam levemente. Ponho as sacolas sobre a grama gorda. As pipas, uma ao lado da outra, formam uma paleta de cores. A vermelha tem minha preferência. Como é larga e resistente, gosto mais dela. Desenrolo vagarosamente os fios, em paralelo. A esplanada é imensa. Com um golpe seco, puxo os cordões. O animal se eleva bruscamente. Alguns estremecimentos, algumas tentativas atrapalhadas. Um puxão à direita, outro à esquerda. Alguns círculos largos no céu. Manter à direita, o objeto gira em torno de si mesmo, nervosamente. Inverter o movimento. De longe, alguns jovens, com o nariz para o alto, sorriem do espetáculo. Uma família degusta um piquenique, certamente gostoso. A mãe de um bebê corre atrás dele. Uma menininha pedala sua bicicleta rosa fúcsia.

De repente, um sopro de jazz inunda o ar. *Tutu*, de Miles Davis. Não é um sonho. Uma realidade maravilhosa. O vento está propício. Eu me deito de costas. Fecho os olhos. Miles Davis continua a tocar. A pipa plana tranquilamente acima da minha cabeça. Mancha vermelho-sangue sob o fundo azul.

À minha filha Julie, à minha neta Elli

Izulete,
Você me perguntou se os arquivos não foram destruídos?
Por que eu os teria destruído?
Ao contrário, fiz uma classificação.
Acho que vamos trabalhar para nossos filhos
e talvez ainda para nossos netos.

SISSI para seu marido Izu,
convocado para servir à França em 1938.

Agradeço a

Jean-Denis Bonan.

Danièle Letelier, Françoise Liffran, Florence Pétry.

Éric Sarner, Jean-Claude Bernardet, Isabel Juanpera.

Florinel Ionescu, Victor Ionescu, Vladimir Eli, Anca Hirte, Andra Tevy, Pinzaru Cringuntza, Didier Auroi, Corina Von List.

Victor Farca, Berthine Farca, Ana Wisner, Moritz Wisner, Golda Abramovici, Salomon Abramovici, Alain Behar, Sonia Behar, Cathy Behar, Annick Behar.

François Rébillat, Madame Pilorin, Madame Sivar, Frère Maurice, Madame Préault, Soeur Marie Saint-Joseph, Monseigneur Paul Rémond, Jeanine.

Conrad Flavian, Lola Flavian.

Ivan Jablonka, Pierre Abramovici, Annette Wieviorka, Dimitriu Hincu, Dr. Dorin Dobrincu, Alina Pavalescu, Marie-Ange Layer, Laurence Thibaud, Michel Reynaud, Sarah Kaminsky, Michel Kaptur, Carol Iancu.

Jean-Pierre Mast, Pascal Ory, Alain Dugrand, Catherine Clément, Michel David, Hervé Letellier, Colette Fellous, Michèle Kahn, Antoine Perraud, Jean-Christophe Brochier. Talila, Muriel Levy, Ygal Berger, Olivier Balande. Serge Lalou, Christophe Leraie, Clara Mahieu, Lise Roure, Mélanie Dufour, Jan Baetens. Claude Arar, Yacov Arar, Analie Abramovici-Barrau, Zoé Rault.

Aqueles que me inspiraram e que não esqueço: Mihail Sébastian, Benjamin Fondane, Daniel Mendelhson, Orson Welles, Pierre Vidal-Naquet, Georges Perec, François Le Lionnais, Patrick Modiano, Annie Ernaux, Joseph Kessel.

Benoît Peeters, diretor de Les Impressions Nouvelles, que me permitiu ser publicada.

Paris, fevereiro de 2014.

Arquivos

État Civil, Caen.

Bureau des Archives des victimes des conflits contemporains, Caen.

Grande Chancellerie de la Légion d'honneur, Paris.

Ministère de l'intérieur, Direction Générale de la Sûreté Nationale, Paris.

Ministère de la défense et des anciens combattants, Paris.

Bureau Résistance et Seconde Guerre mondiale, Paris.

Musée de la Résistance, Paris.

IHTP, Institut d'histoire du temps présent, Paris.

BCAAM, Bureau central d'archives administratives, Pau (rebatizado Centre des Archives du Personnel Militaire [CAPM]).

Département interarmées, Service historique de la Défense, Vincennes.

Archives historiques de la SNCF, Le Mans.

Archives Nationales, Paris.

Archives de la Préfecture de Police, Paris.

RG, Direction centrale des Renseignements généraux, Paris.

Conseil International des Archives, Paris.

Archives départementales de Seine-et-Marne.

AHICF, Association pour l'histoire des chemins de fer, SNCF, Paris.

AERI, Fondation de la Résistance, Paris.

Archives départementales des Alpes-Maritimes.

Secours national des Alpes-Maritimes.

Secours national, Mônaco.

Préfecture des Alpes-Maritimes et commissariats de police de Cannes, Menton, Mônaco, Beausoleil, Nice.

Archives départementales du Cher.

CIDJ, Centre de documentation des archives de la Shoah, fonds allemands, Serge Klarsfeld.

DHI, Institut historique allemand, Paris.

Bundesarchiv, Berlim.

United States Memorial Holocaust Museum, Washington.

Romania, Ministerul administratiei si internelor, archivele nationale, Bucareste.

Centre d'études sur l'histoire des juifs de Roumanie, Bucareste.

Bibliothèque de l'Académie roumaine, périodiques, Bucareste.

Correspondências: Sylvia Wisner-abramovici, Isaac Abramovici, Anicutza Wisner, Moritz Wisner, Berthine Wisner, Flavian, Salvagni, Jean cognat, Docteur Skosowsky, Docteur alfred Lyon, R. Biardeau, Paul Amiel, R.Pernollet, Enayez, Irène e Albert Michelson, Soeur Marie Saint-Joseph, François Rébillat, Rubens, Navitz.

Documentos Pessoais, Sylvia Abramovici, Isaac Abramovici.

COLEÇÃO PARALELOS

1. *Rei de Carne e Osso,* Mosché Schamir

2. *A Baleia Mareada,* Ephraim Kishon

3. *Salvação,* Scholem Asch

4. *Adaptação do Funcionário Ruam,* Mauro Chaves

5. *Golias Injustiçado,* Ephraim Kishon

6. *Equus,* Peter Shaffer

7. *As Lendas do Povo Judeu,* Bin Gorion

8. *A Fonte de Judá,* Bin Gorion

9. *Deformação,* Vera Albers

10. *Os Dias do Herói de Seu Rei,* Mosché Schamir

11. *A Última Rebelião,* I. Opatoschu

12. *Os Irmãos Aschkenazi,* Israel Joseph Singer

13. *Almas em Fogo,* Elie Wiesel

14. *Morangos com Chantilly,* Amália Zeitel

15. *Satã em Gorai,* Isaac Bashevis Singer

16. *O Golem,* Isaac Bashevis Singer

17. Contos de Amor, Sch. I. Agnon

18. As Histórias do Rabi Nakhma, Martin Buber

19. Trilogia das Buscas, Carlos Frydman

20. Uma História Simples, Sch. I. Agnon

21. A Lenda do Baal Schem, Martin Buber

22. Anatol "On the Road", Nanci Fernandes e J. Guinsburg (org.)

23. O Legado de Renata, Gabriel Bolaffi

24. Odete Inventa o Mar, Sônia Machado de Azevedo

25. O Nono Mês, Giselda Leirner

26. Tehiru, Ili Gorlizki

27. Alteridade, Memória e Narrativa, Antonio Pereira de Bezerra

28. Expedição ao Inverno, Aaron Appelfeld

29. Caderno Italiano, Boris Schnaiderman

30. Lugares da Memória – Memoir, Joseph Rykwert

31. Céu Subterrâneo, Paulo Rosenbaum

32. Com Tinta Vermelha, Mireille Abramovici

Este livro foi impresso na cidade de São Bernardo do Campo,
nas oficinas da Paym Gráfica e Editora, em maio de 2016,
para a Editora Perspectiva.